课文作家
经典作品系列

落花生

许地山 ◎ 著

　　春光在万山环抱里,更是泄漏得迟。那里的桃花还是开着;漫游底薄云从这峰飞过那峰,有时稍停一会,为底是挡住太阳,叫地面底花草在它底荫下避避光焰底威吓。

——《春底林野》

我底生活好像我手里这管笛子。他在竹林里长着底时候,许多好鸟歌唱给他听;许多猛兽长啸给他听;甚至天中底风雨雷电都不时教给他发音底方法……做乐器者把他截下来,开几个气孔,搁在唇边一吹,他从前学底都吐露出来了。

——《生》

　　读书是一件难事：有志气，没力量读不了；有力量，没天分，读不好；有天分，没专攻，读不饱；既专攻，没深思，读不透。

——《读书谈》

目 录

落花生 　　　　　　　　1

蜜蜂和农人　　　　　　3

愿　　　　　　　　　　5

山响　　　　　　　　　7

面具　　　　　　　　　9

笑　　　　　　　　　　10

暗途　　　　　　　　　12

海　　　　　　　　　　14

梨花　　　　　　　　　16

春底林野　　　　　　　18

补破衣底老妇人	20
再会	23
桥边	26
疲倦的母亲	29
生	31
爱流汐涨	33
读《芝兰与茉莉》因而想及我底祖母	36
无法投递之邮件（节选）	54
旅印家书（十五）	57
观音崇拜之由来	59
读书谈	65
近三百年来底中国女装（节选）	77
民国一世 ——三十年来我国礼俗变迁底简略的回观	82
牛津的书虫	91
中国美术家底责任	95

落 花 生

我们屋后有半亩隙地。母亲说:"让他荒芜着怪可惜,既然你们那么爱吃花生,就辟来做花生园罢。"我们几姊弟和几个小丫头都很喜欢——买种底买种,动土底动土,灌园底灌园;过不了几个月,居然收获了!

妈妈说:"今晚我们可以做一个收获节,也请你们爹爹来尝尝我们底新花生,如何?"我们都答应了。母亲把花生做成好几样底食品,还吩咐这节期要在园里底茅亭举行。

那晚上底天色不大好,可是爹爹也到来,实在很难得!爹爹说:"你们爱吃花生么?"

我们都争着答应:"爱!"

"谁能把花生底好处说出来?"

姊姊说："花生底气味很美。"

哥哥说："花生可以制油。"

我说："无论何等人都可以用贱价买他来吃；都喜欢吃他。这就是他底好处。"

爹爹说："花生底用处固然很多；但有一样是很可贵的。这小小的豆不像那好看的苹果、桃子、石榴，把他们底果实悬在枝上，鲜红嫩绿的颜色，令人一望而发生羡慕底心。他只把果子埋在地底，等到成熟，才容人把他挖出来，你们偶然看见一棵花生瑟缩地长在地上，不能立刻辨出他有没有果实，非得等到你接触他才能知道。"

我们都说："是的。"母亲也点点头。爹爹接下去说："所以你们要像花生，因为他是有用的，不是伟大、好看的东西。"我说："那么，人要做有用的人，不要做伟大、体面的人了。"爹爹说："这是我对于你们底希望。"

我们谈到夜阑才散，所有花生食品虽然没有了，然而父亲底话现在还印在我心版上。

 ## 蜜蜂和农人

雨刚晴,蝶儿没有蓑衣,不敢造次出来,可是瓜棚底四围,已满唱了蜜蜂底工夫诗:

彷彷,徨徨! 徨徨,彷彷!
　生就是这样,徨徨,彷彷!
趁机会把蜜酿。
　大家帮帮忙;
　　别误了好时光。
彷彷,徨徨! 徨徨,彷彷!

蜂虽然这样唱,那底下坐着三四个农夫却各人担着烟管

在那里闲谈。

　　人底寿命比蜜蜂长，不必像他们那么忙么？ 未必如此。不过农夫们不懂他们底歌就是了。但农夫们工作时，也会唱底。他们唱底是：

村中鸡一鸣，
阳光便上升。
　太阳上升好插秧。
　禾秧要水养，
　各人还为踏车忙。
东家莫截西家水；
西家不借东家粮。
　各人只为各人忙——
　"各人自扫门前雪，
　不管他人瓦上霜。"

愿

　　南普陀寺里的大石，雨后稍微觉得干净，不过绿苔多长一些。天涯底淡霞好像给我们一个天晴底信。树林里底虹气，被阳光分成七色。树上，雄虫求雌底声，凄凉得使人不忍听下去。妻子坐在石上，见我来，就问："你从那里来？我等你许久了。"

　　"我领着孩子们到海边检贝壳咧。阿琼检着一个破贝，虽不完全，里面却像藏着珠子底样子。等他来到，我教他拿出来给你看一看。

　　"在这树荫底下坐着，真舒服呀！我们天天到这里来，多么好呢！"

　　妻说："你那里能够……？"

"为什么不能？"

"你应当作荫，不应当受荫。"

"你愿我作这样底荫么？"

"这样底荫算什么！我愿你作无边宝华盖，能普荫一切世间诸有情。愿你为如意净明珠，能普照一切世间诸有情。愿你为降魔金刚杵，能破坏一切世间诸障碍。愿你为多宝盂兰盆，能盛百味，滋养一切世间诸饥渴者。愿你有六手，十二手，百手，千万手，无量数那由他如意手，能成全一切世间等等美善事。"

我说："极善，极妙！但我愿做调味底精盐，渗入等等食品中，把自己底形骸融散，且回复当时在海里底面目，使一切有情得尝咸味，而不见盐体。"

妻子说："只有调味，就能使一切有情都满足吗？"

我说："盐底功用，若只在调味，那就不配称为盐了。"

 # 山　响

群峰彼此谈得呼呼地响。他们底话语，给我猜着了。

这一峰说："我们底衣服旧了，该换一换啦。"

那一峰说："且慢罢，你看，我这衣服好容易从灰白色变成青绿色，又从青绿色变成珊瑚色和黄金色，——质虽是旧的，可是形色还不旧。我们多穿一会罢。"

正在商量底时候，他们身上穿底，都出声哀求说："饶了我们，让我歇歇罢。我们底形态都变尽了。再不能为你们争体面了。"

"去罢，去罢，不穿你们也算不得什么。横竖不久我们又有新的穿。"群峰都出着气这样说。说完之后，那红的、黄的彩衣就陆续褪下来。

我们都是天衣，那不可思议的灵，不晓得甚时要把我们穿着得非常破烂，才把我们收入天橱。愿他多用一点气力，及时用我们，使我们得以早早休息。

 # 面　具

人面原不如那纸制底面具哟！你看那红的，黑的，白的，青的，喜笑的，悲哀的，目眦怒得欲裂底面容，无论你怎样褒奖，怎样弃嫌，他们一点也不改变。红的还是红，白的还是白；目眦欲裂底还是目眦欲裂。

人面呢？颜色比那纸制底小玩意儿好而且活动，带着生气。可是你褒奖他底时候，他虽是很高兴，脸上却装出很不愿意底样子，你指摘他底时候，他虽是懊恼，脸上偏要显出勇于纳言底颜色。

人面到底是靠不住呀！我们要学面具，但不要戴他，因为面具后头应当让他空着才好。

笑

我从远地冒着雨回来。因为我妻子心爱底一样东西让我找着了；我得带回来给她。

一进门，小丫头为我收下雨具，老妈子也借故出去了。我对妻子说："相离好几天，你闷得慌吗？……呀，香得很！这是从那里来底？"

"窗根下不是有一盆素兰吗？"

我回头看，几箭兰花在一个汝窑钵上开着。我说："这盆花多会移进来底？这么大雨天，还能开得那么好，真是难得啊！……可是我总不信那些花有如此底香气。"

我们并肩坐在一张紫檀榻上，我还往下问："良人，到底是兰花底香，是你底香？"

"到底是兰花底香,是你底香? 让我闻一闻。"她说时,亲了我一下。小丫头看见了,掩着嘴笑,翻身揭开帘子,要往外走。

"玉耀,玉耀,回来。"小丫头不敢不回来,但,仍然抿着嘴笑。

"你笑什么?"

"我没有笑什么。"

我为她们排解说:"你明知道她笑什么,又何必问她呢,饶了她罢。"

妻子对小丫头说:"不许到外头瞎说。去罢,到园里给我摘些瑞香来。"小丫头抿着嘴出去了。

暗　　途

"我底朋友,且等一等,待我为你点着灯,才走。"

吾威听见他底朋友这样说,便笑道:"哈哈,均哥,你以我为女人么? 女人在夜间走路才要用火;男子,又何必呢? 不用张罗,我空手回去罢,——省得以后还要给你送灯回来。"

吾威底村庄和均哥所住底地方隔着几重山,路途崎岖得很厉害。若是夜间要走那条路,无论是谁,都得带灯。所以均哥一定不让他暗中摸索回去。

均哥说:"你还是带灯好。这样底天气,又没有一点月影,在山中,难保没有危险。"

吾威说:"若想起危险,我就回去不成了。……"

"那么,你今晚上就住在我这里,如何?"

落花生

"不,我总得回去,因为我底父亲和妻子都在那边等着我呢。"

"你这个人,太过执拗了。没有灯,怎么去呢?"均哥一面说,一面把点着底灯切切地递给他;他仍是坚辞不受。

他说:"若是你定要叫我带着灯走,那教我更不敢走。"

"怎么呢?"

"满山都没有光,若是我提着灯走,也不过是照得三两步远;且要累得满山底昆虫都不安。若凑巧遇见长蛇也冲着火光走来,可又怎办呢?再说,这一点的光可以把那照不着底地方越显得危险,越能使我害怕。在半途中,灯一熄灭,那就更不好办了。不如我空着手走,初时虽觉得有些妨碍,不多一会,什么都可以在幽暗中辨别一点。"

他说完,就出门。均哥还把灯提在手里,眼看着他向密林中那条小路穿进去,才摇摇头说:"天下竟有这样怪人!"

吾威在暗途中走着,耳边虽常听见飞虫、野兽底声音,然而他一点害怕也没有。在蔓草中,时常飞些萤火出来,光虽不大,可也够了。他自己说:"这是均哥想不到,也是他所不能为我点底灯。"

那晚上他没有跌倒;也没有遇见毒虫野兽;安然地到他家里。

13

海

我底朋友说：“人底自由和希望，一到海面就完全失掉了！因为我们太不上算，在这无涯浪中无从显出我们有限的能力和意志。”

我说：“我们浮在这上面，眼前虽不能十分如意，但后来要遇着底，或者超乎我们底能力和意志之外。所以在一个风狂浪骇底海面上，不能准说我们要到什么地方就可以达到什么地方；我们只能把性命先保持住，随着波涛颠来播去便了。”

我们坐在一只不如意的救生船里，眼看着载我们到半海就毁坏底大船渐渐沉下去。

我底朋友说：“你看，那要载我们到目的地底船快要歇息去了！现在在这茫茫的空海中，我们可没有主意啦。"

幸而同船底人，心忧得很，没有注意听他底话。我把他底手摇了一下说："朋友，这是你纵谈底时候么？你不帮着划桨么？"

"划桨么？这是容易的事。但要划到那里去呢？"

我说："在一切的海里，遇着这样的光景，谁也没有带着主意下来，谁也脱不了在上面泛来泛去。我们尽管划罢。"

梨　花

　　她们还在园里玩，也不理会细雨丝丝穿入她们底罗衣。池边梨花底颜色被雨洗得更白净了。但朵朵都懒懒地垂着。

　　姊姊说："你看，花儿都倦得要睡了！"

　　"待我来摇醒他们。"

　　姊姊不及发言，妹妹底手早已抓住树枝摇了几下。花瓣和水珠纷纷地落下来，铺得银片满地，煞是好玩。

　　妹妹说："好玩啊，花瓣一离开树枝，就活动起来了！"

　　"活动什么？你看，花儿底泪都滴在我身上哪。"姊姊说这话时，带着几分怒气，推了妹妹一下。她接着说："我不和你玩了；你自己在这里罢。"

　　妹妹见姊姊走了，直站在树下出神。停了半晌，老妈子走来，牵着她，一面走着，说："你看，你底衣服都湿透了；在阴雨天，每日要换几次衣服，教人到那里找太阳给你晒去呢？"

　　落下来底花瓣，有些被她们底鞋印入泥中；有些黏在妹妹身上，被她带走；有些浮在池面，被鱼儿衔入水里。那多情的燕子不歇把鞋印上底残瓣和软泥一同衔在口中，到梁间去，构成他们底香巢。

春 底 林 野

春光在万山环抱里,更是泄漏得迟。那里底桃花还是开着;漫游底薄云从这峰飞过那峰,有时稍停一会,为底是挡住太阳,教地面底花草在他底荫下避避光焰底威吓。

岩下底荫处和山溪底旁边满长了薇蕨和其他凤尾草。红、黄、蓝、紫的小草花点缀在绿茵上头。

天中底云雀,林中底金莺,都鼓起他们底舌簧。轻风把他们底声音挤成一片,分送给山中各样有耳无耳底生物。桃花听得入神,禁不住落了几点粉泪,一片一片凝在地上。小草花听得大醉,也和着声音底节拍一会倒一会起,没有镇定底时候。

林下一班孩子正在那里检桃花底落瓣哪。他们检着,清

 落花生

儿忽嚷起来，道："嘎，邕邕来了！"众孩子住了手，都向桃林底尽头盼望。果然邕邕也在那里摘草花。

清儿道："我们今天可要试试阿桐底本领了。若是他能办得到，我们都把花瓣穿成一串璎珞围在他身上，封他为大哥如何？"

众人都答应了。

阿桐走到邕邕面前道："我们正等着你来呢。"

阿桐底左手盘在邕邕底脖上，一面走一面说："今天他们要替你办嫁妆，教你做我底妻子。你能做我底妻子么？"

邕邕狠视了阿桐一下，回头用手推开他，不许他底手再搭在自己脖上。孩子们都笑得支持不住了。

众孩子嚷道："我们见过邕邕用手推人了！阿桐赢了！"

邕邕从来不会拒绝人，阿桐怎能知道一说那话，就能使她动手呢？是春光底荡漾，把他这种心思泛出来呢？或者，天地之心就是这样呢？

你且看：漫游底薄云还是从这峰飞过那峰。

你且听：云雀和金莺底歌声还布满了空中和林中。在这万山环抱底桃林中，除那班爱闹的孩子以外，万物把春光领略得心眼都迷了。

补破衣底老妇人

她坐在檐前,微微的雨丝飘摇下来,多半聚在她脸庞底皱纹上头。她一点也不理会,尽管收拾她底筐子。

在她底筐子里有很美丽的零剪绸缎;也有很粗陋的麻头、布尾。她从没有理会雨丝在她头、面、身体之上乱扑;只提防着筐里那些好看的材料沾湿了。

那边来了两个小弟兄。也许他们是学校回来。小弟弟管叫她做"衣服底外科医生";现在见她坐在檐前,就叫了一声。

她抬起头来,望着这两个孩子笑了一笑。那脸上底皱纹虽皱得更厉害,然而生底痛苦可以从那里挤出许多,更能表明她是一个享乐天年底老婆子。

落花生

小弟弟说:"医生,你只用筐里底材料在别人底衣服上,怎么自己底衣服却不管了? 你看你肩脖补底那一块又该掉下来了。"

老婆子摩一摩自己底肩脖,果然随手取下一块小方布来。她笑着对小弟弟说:"你底眼睛实在精明! 我这块原没有用线缝住;因为早晨忙着要出来,只用浆子暂时糊着,盼望晚上回去弥补;不提防雨丝替我揭起来了!……这揭得也不错。我,既如你所说,是一个衣服底外科医生,那么,我是不怕自己底衣服害病底。"

她仍是整理筐里底零剪绸缎,没理会雨丝零落在她身上。

哥哥说:"我看爸爸底手册里夹着许多的零剪文件;他也是像你一样:不时地翻来翻去。他……"

弟弟插嘴说:"他也是另一样的外科医生。"

老婆子把眼光射在他们身上,说:"哥儿们,你们说得对了。你们底爸爸爱惜小册里底零碎文件,也和我爱惜筐里底零剪绸缎一般。他凑合多少地方底好意思;等用得着时,就把他们编连起来,成为一种新的理解。所不同底,就是他用底头脑;我用底只是指头便了。你们叫他做……"

说到这里,父亲从里面出来,问起事由,便点头说:"老

婆子，你底话很中肯要。我们所为，原就和你一样，东搜西罗，无非是些绸头、布尾，只配用来补补破衲袄罢了。"

父亲说完，就下了石阶，要在微雨中到葡萄园里，看看他底葡萄长芽了没有。这里孩子们还和老婆子争论着要号他们底爸爸做什么样医生。

 再　　会

靠窗棂坐着那位老人家是一位航海者,刚从海外归来底。他和萧老太太是少年时代底朋友,彼此虽别离了那么些年,然而他们会面时,直像忘了当中经过底日子。现在他们正谈起少年时代底旧话。

"蔚明哥,你不是二十岁底时候出海底么?"她屈着自己底指头,数了一数才用那双被阅历染浊了底眼睛看着她底朋友说:"呀,四十五年就像我现在数着指头一样地过去了!"

老人家把手捋一捋胡子,很得意地说:"可不是!……记得我到你家辞行那一天,你正在园里饲你那只小鹿;我站在你身边一棵正开着花底枇杷树下。花香和你头上底油香

杂窜入我底鼻中，当时，我底别绪也不晓得要从那里说起；但你只低头抚着小鹿。我想你那时也不能多说什么，你竟然先问一句'要等到什么时候我们再能相见呢？'我就慢答道：'毋须多少时候。'那时，你……"

老太太截着说："那时候底光景我也记得很清楚。当你说这句底时候，我不是说'要等再相见时，除非是黑墨有洗得白底时节。'哈哈！你去时，那缕漆黑的头发现在岂不是已被海水洗白了么？"

老人家摩摩自己底头顶，说："对啦！这也算应验哪！可惜我见不着芳哥，他过去多少年了？"

"唉，久了！你看我已经抱过四个孙儿了。"她说时，看着窗外几个孩子在瓜棚下玩，就指着那最高的孩子说："你看鼎儿已经十二岁了，他公公就在他弥月后去世底。"

他们谈话时，丫头端了一盘牡蛎煎饼来。老太太举手让着蔚明哥说："我定知道你底嗜好还没有改变，所以特地为你做这东西。

"你记得我们少时，你母亲有一天做这样的饼给我们吃。你拿一块，吃完了才嫌饼里底牡蛎少，助料也不如我底多，闹着要把我底饼抢去。当时，你母亲说了一句话，教我常常忆起，就是：'好孩子，算了罢。助料都是搁在一起渗匀底。

做底时候，谁有工夫把分量细细去分配呢？这自然是免不了有些多，有些少底；只要饼底气味好就够了。你所吃底原不定就是为你做底，可是你已经吃过，就不能再要了。'蔚明哥，你说末了这话多么感动我呢！拿这个来比我们底境遇罢：境遇虽然一个一个排列在面前，容我们有机会选择，有人选得好，有人选得歹，可是选定以后，就不能再选了。"

老人家拿起饼来吃，慢慢地说："对啦！你看我这一生净在海面生活，生活极其简单，不像你这么繁复，然而我还是像当时吃那饼一样——也就饱了。"

"我想我老是多得便宜。我底'境遇底饼'虽然多一些助料，也许好吃一些，但是我底饱足是和你一样底。"

谈旧事是多么开心底事！看这光景，他们像要把少年时代底事迹一一回溯一遍似地。但外面底孩子们不晓得因什么事闹起来，老太太先出去做判官；这里留着一位铄的航海者静静地坐着吃他底饼。

桥　　边

　　我们住底地方就在桃溪溪畔。夹岸遍是桃林：桃实、桃叶映入水中，更显出溪边底静谧。真想不到仓皇出走底人还能享受这明媚的景色！我们日日在林下游玩；有时踱过溪桥，到朋友底蔗园里找新生的甘蔗吃。

　　这一天，我们又要到蔗园去，刚踱过桥，便见阿芳——蔗园底小主人——很忧郁地坐在桥下。

　　"阿芳哥，起来领我们到你园里去。"他举起头来，望了我们一眼，也没有说什么。

　　我哥哥说："阿芳，你不是说你一到水边就把一切的烦闷都洗掉了吗？你不是说，你是水边底蜻蜓么？你看歇在水荭花上那只蜻蜓比你怎样？"

"不错。然而今天就是我第一次底忧闷。"

我们都下到岸边,围绕住他,要打听这回事。他说:"方才红儿掉在水里了!"红儿是他底腹婚妻,天天都和他在一块儿玩底。我们听了他这话,都惊讶得很。哥哥说:"那么,你还能在这里闷坐着吗? 还不赶紧去叫人来?"

"我一回去,我妈心里底忧郁怕也要一颗一颗地结出来,像桃实一样了。我宁可独自在此忧伤,不忍使我妈妈知道。"

我底哥哥不等说完,一股气就跑到红儿家里。这里阿芳还在皱着眉头,我也眼巴巴地望着他,一声也不响。

"谁掉在水里啦?"

我一听,是红儿底声音,速回头一望,果然哥哥携着红儿来了! 她笑眯眯地走到芳哥跟前,芳哥像很惊讶地望着她。很久,他才出声说:"你底话不灵了么? 方才我贪着要到水边看看我底影儿,把他搁在树上,不留神轻风一摇,把他摇落水里,他随着流水往下流去;我回头要抱他,他已不在了。"

红儿才知道掉在水里底是她所赠与底小囝。她曾对阿芳说那小囝也叫红儿,若是把他丢了,便是丢了她。所以芳哥这么谨慎看护着。

芳哥实在以红儿所说底话是千真万真的,看今天底光景，可就教他怀疑了。他说："哦，你底话也是不准的！我这时才知道丢了你底东西不算丢了你，真把你丢了才算。"

我哥哥对红儿说："无意的话倒能教人深信：芳哥对你底信念，头一次就在无意中给你打破了。"

红儿也不着急，只优游地说："信念算什么？要真相知才有用哪。……也好，我借着这个就知道他了。我们还是到蔗园去罢。"

我们一同到蔗园去，芳哥方才的忧郁也和糖汁一同吞下去了。

疲倦的母亲

那边一个孩子靠近车窗坐着：远山，近水，一幅一幅，次第嵌入窗户，射到他底眼中。他手画着，口中还咿咿哑哑地，唱些没字曲。

在他身边坐着一个中年妇人，支着头瞌睡。孩子转过脸来，摇了她几下，说："妈妈，你看看，外面那座山很像我家门前底呢。"

母亲举起头来，把眼略睁一睁；没有出声，又支着颐睡去。

过一会，孩子又摇她，说："妈妈，不要睡罢，看睡出病来了。你且睁一睁眼看看外面八哥和牛打架呢。"

母亲把眼略略睁开，轻轻打了孩子一下；没有做声，又支着头睡去。

孩子鼓着腮,很不高兴。但过一会,他又唱起来了。

"妈妈,听我唱歌罢。"孩子对着她说了,又摇她几下。

母亲带着不喜欢的样子说:"你闹什么? 我都见过,都听过,都知道了,你不知道我很疲乏,不容我歇一下么?"

孩子说:"我们是一起出来底,怎么我还顶精神,你就疲乏起来? 难道大人不如孩子么?"

车还在深林平畴之间穿行着。车中底人,除那孩子和一二个旅客以外,少有不像他母亲那么鼾睡底。

生

  我底生活好像一棵龙舌兰，一叶一叶，慢慢地长起来。某一片叶在一个时期曾被那美丽的昆虫做过巢穴；某一片叶曾被小鸟们歇在上头歌唱过。现在那些叶子都落掉了！只有瘢楞的痕迹留在干上。人也忘了某叶某叶曾经显过底样子；那些叶子曾经历过底事迹惟有龙舌兰自己可以记忆得来，可是他不能说给别人知道。

  我底生活好像我手里这管笛子。他在竹林里长着底时候，许多好鸟歌唱给他听；许多猛兽长啸给他听；甚至天中底风雨雷电都不时教给他发音底方法。

  他长大了，一切教师所教底都纳入他底记忆里。然而他身中仍是空空洞洞，没有什么。

　　做乐器者把他截下来，开几个气孔，搁在唇边一吹，他从前学底都吐露出来了。

爱流汐涨

月儿底步履已踏过嵇家底东墙了。孩子在院里已等了许久,一看见上半弧底光刚射过墙头,便忙忙跑到屋里叫道:"爹爹,月儿上来了,出来给我燃香吧。"

屋里坐着一个中年的男子,他底心负了无量的愁闷。外面底月亮虽然还像去年那么圆满,那么光明,可是他对于月亮底情绪就大不如去年了。当孩子进来叫他底时候,他就起来,勉强回答说:"宝璜,今晚上不必拜月,我们到院里对着月光吃些果品,回头再出去看看别人底热闹。"

孩子一听见要出去看热闹,更喜得了不得。他说:"为什么今晚上不拈香呢? 记得从前是妈妈点给我底。"

父亲没有回答他。但孩子底话很多,问得父亲越发伤心了。他对着孩子不甚说话。只有向月不歇地叹息。

"爹爹今晚上不舒服么？为何气喘得那么厉害？"

父亲说："是，我今晚上病了。你不是要出去看热闹么？可以教素云姐带你去，我不能去了。"

素云是一个年长底丫头，主人底心思、性地，她本十分明白，所以家里无论大小事几乎是她一人主持。她带宝璜出门，到河边看看船上和岸上各样底灯色；便中就告诉孩子说："你爹爹今晚不舒服了，我们得早一点回去才是。"

孩子说："爹爹白天还好好地，为何晚上就害起病来？"

"唉，你记不得后天是妈妈底百日吗？"

"什么是妈妈底百日？"

"妈妈死掉，到后天是一百天底工夫。"

孩子实在不能理会那"一百日"底深密意思，素云只得说，"夜深了，咱们回家去罢。"

素云和孩子回来底时候，父亲已经躺在床上，见他们回来，就说："你们回来了。"她跑到床前回答说："二舍，我们回来了。晚上大哥儿可以和我同睡，我招呼他，好不好？"

父亲说："不必。你还是睡你底罢。你把他安置好，就可以去歇息，这里没有什么事。"

这个七岁底孩子就睡在离父亲不远底一张小床上。外头底鼓乐声，和树梢底月影，把孩子嬲得不能睡觉。在睡眠底时候，父亲本有命令，不许说话；所以孩子只得默听着，不敢发出什么声音。

乐声远了，在近处底杂响中，最激刺孩子底，就是从父亲那里发出来底啜泣声。在孩子底思想里，大人是不会哭底。所以他很诧异地问："爹爹，你怕黑么？大猫要来咬你么？你哭什么？"他说着就要起来，因为他也怕大猫。

父亲阻止他说："爹爹今晚上不舒服，没有别底事。不许起来。"

"咦，爹爹明明哭了！我每哭底时候，爹爹说我底声音像河里水声地响；现在爹爹底声音也和那个一样。呀，爹爹；别哭了。爹爹一哭，教宝璜怎能睡觉呢？"

孩子越说越多，弄得父亲底心绪更乱。他不能用什么话来对付孩子，只说："璜儿，我不是说过，在睡觉时不许说话么？你再说时，爹爹就不疼你了。好好地睡罢。"

孩子只复说一句："爹爹要哭，教人怎样睡得着呢？"以后他就静默了。

这晚上底催眠歌就是父亲底抽噎声。不久，孩子也因着这声就发出微细的鼾息；屋里只有些杂响伴着父亲发出哀音。

读《芝兰与茉莉》因而想及我底祖母

　　正要到哥仑比亚底检讨室里校阅梵籍，和死和尚争虚实，经过我底邮筒，明知每次都是空开底，还要带着希望姑且开来看看。这次可得着一卷东西，知道不是一分钟可以念完底。遂插在口袋里，带到检讨室去。

　　我正研究唐代佛教在西域衰灭底原因，翻起史太因在和阗所得底唐代文契，一读马令痣同母党二娘向护国寺僧虔英借钱底私契，妇人许十四典首饰契，失名人底典婢契，等等，虽很有趣，但掩卷一想，恨当时的和尚只会营利，不顾转法轮，无怪回纥一入，便尔扫灭无余。

　　为释迦文担忧，本是大愚：曾不知成、住、坏、空，是一切法性？不看了，掏出口袋里底邮件，看看是什么罢。

《芝兰与茉莉》

这名字很香呀！我把纸笔都放在一边，一气地读了半天工夫——从头至尾，一句一字细细地读。这自然比看唐代死和尚底文契有趣。读后底余韵，常绕缭于我心中；像这样的文艺很合我情绪底胃口似地。

读中国底文艺和读中国底绘画一样。试拿山水——西洋画家叫做"风景画"——来做个例：我们打稿（composition）是鸟瞰的、纵的，所以从近处底溪桥，而山前底村落，而山后底帆影，而远地底云山；西洋风景画是水平的、横的；除水平线上下左右之外，理会不出幽深的、绵远的兴致。所以中国画宜于纵的长方，西洋画宜于横的长方。文艺也是如此：西洋人底取材多以"我"和"我底女人或男子"为主，故属于横的、夫妇的；中华人底取材多以"我"和"我底父母或子女"为主，故属于纵的、亲子的。描写亲子之爱应当是中华人底特长；看近来底作品，究其文心，都含这唯一义谛。

爱亲底特性是中国文化底细胞核，除了他，我们早就要断发短服了！我们将这种特性来和西洋的对比起来，可以说中华民族是爱父母的民族；那边欧西是爱夫妇的民族。因为是"爱父母的"，故叙事直贯，有始有终，源源本本，自自然然地说下来。这"说来话长"底特性——很和拔丝山药一样地甜热而黏——可以在一切作品里找出来。无论写什么，总有从盘古以来说到而今底倾向。写孙悟空总得从猴子成精说起；写贾宝玉总得从顽石变灵说起；这写生生因果底好尚是中华文学底文心，是纵的，是亲子的，所以最易抽出我们的情绪。

八岁时，读《诗经·凯风》和《陟岵》，不晓得怎样，眼泪没得我底同意就流下来。九岁读《檀弓》到"今丘也，东西南北之人也"一段，伏案大哭。先生问我，"今天底书并没给你多上，也没生字，为何委屈？"我说，"我并不是委屈，我只伤心这'东西南北'四字。"第二天，接着念"晋献公将杀其世子申生"一段，到"天下岂有无父之国哉？"又哭，直到于今，这"东西南北"四个字还能使我一念便伤怀。我尝反省这事，要求其使我哭泣底缘故。不错，爱父母的民族底理想生活便是在这里生、在这里长、在这里聚族、在这里埋葬，东西南北地跑当然是一种可悲的事了。因为离家、离父母、离国是可悲的，所以能和父母、乡党过活底人是可羡的。无论什么也都以这事为准绳：做文章为这一件大事做，讲爱情为这一件大事讲，我才理会我底"上坟瘾"不是我自己所特有，是我所属底民族自盘古以来遗传给我底。你如自己念一念"可爱的家乡啊！我睡眼朦胧里，不由得不乐意接受你欢迎的诚意。"和"明儿……你真要离开我了么？"应作如何感想？

爱夫妇的民族正和我们相反。夫妇本是人为，不是一生下来就铸定了彼此的关系。相逢尽可以不相识，只要各人带着，或有了各人底男女欲，就可以。你到什么地方，这欲跟到什么地方；他可以在一切空间显其功用，所以在文心上无需溯其本源，究其终局，干干脆脆，Just a word，也可以自成段落。爱夫妇的心境本含有一种舒展性和侵略性，所以乐得东西南北，到处地跑。夫妇关系可以随地随时发生，又可以强侵软夺，在文心上当有一种"霸道""喜新""乐得""为我自己享受"底倾向。

总而言之，爱父母的民族底心地是"生"；爱夫妇的民族底心地是"取"。生是相续的；取是广延的。我们不是爱夫妇的民族，故描写夫妇，并不为夫妇而描写夫妇，是为父母而描写夫妇。我很少见——当然是我少见——中国文人描写夫妇时不带着"父母的"底色彩；很少见单独描写夫妇而描写得很自然的。这并不是我们不愿描写，是我们不惯描写广延性的文字底缘故。从对面看，纵然我们描写了，人也理会不出来。

《芝兰与茉莉》开宗第一句便是"祖母真爱我！"这已

把我底心牵引住了。"祖母爱我",当然不是爱夫妇的民族所能深味,但他能感我和《檀弓》差不了多少。"垂老的祖母,等得小孩子奉甘旨么?"子女生活是为父母底将来,父母底生活也是为着子女,这永远解不开底结,结在我们各人心中。触机便发表于文字上。谁没有祖父母、父母呢?他们底折磨、担心,都是像夫妇一样有个我性底么?丈夫可以对妻子说,"我爱你,故我要和你同住";或"我不爱你,你离开我罢"。妻子也可以说,"人尽可夫,何必你?"但子女对于父母总不能有这样的天性。所以做父母底自自然然要为子女担忧受苦,做子女底也为父母之所爱而爱,为父母而爱为第一件事。爱既不为我专有,"事之不能尽如人意"便为此说出来了。从爱父母的民族眼中看夫妇底爱是为三件事而起,一是继续这生生底线;二是往溯先人底旧典;三是承纳长幼底情谊。

说起书中人底祖母,又想起我底祖母来了。"事之不能尽如人意者,夫复何言!"我底祖母也有这相同的境遇呀!我底祖母,不说我没见过,连我父亲也不曾见过,因为她在我父亲未生以前就去世了。这岂不是很奇怪的么?不如意的事多着呢!爱祖母底明官,你也愿意听听我说我祖母底失意事么?

八十年前，台湾府——现在的台南——城里武馆街有一家，八个兄弟同一个老父亲同住着，除了第六、七、八底弟弟还没娶以外，前头五个都成家了。兄弟们有做武官底，有做小乡绅底，有做买卖底。那位老四，又不做武官又不做绅士，更不曾做买卖；他只喜欢念书，自己在城南立了一所小书塾名叫窥园，在那里一面读，一面教几个小学生。他底清闲，是他兄弟们所羡慕，所嫉妒底。

　　这八兄弟早就没有母亲了。老父亲很老，管家底女人虽然是妯娌们轮流着当，可是实在的权柄是在一位大姑手里。这位大姑早年守寡，家里没有什么人，所以常住在外家。因为许多弟弟是她帮忙抱大底，所以她对于弟弟们很具足母亲底威仪。

　　那年夏天，老父亲去世了。大姑当然是"阃内之长"，要督责一切应办事宜底。早晚供灵底事体，照规矩是媳妇们轮着办底。那天早晨该轮到四弟妇上供了。四弟妇和四弟是不上三年底夫妇，同是二十多岁，情爱之浓是不消说底。

　　大姑在厅上嚷，"素官，今早该你上供了。怎么这时候还不出来？"

　　居丧不用粉饰面，把头发理好，也毋需盘得整齐，所以晨妆很省事。她坐在妆台前，嚼槟榔，还吸一管旱烟。这是台湾女人们最普遍的嗜好。有些女人喜欢学土人把牙齿染黑了,她们以为牙齿白得像狗底一样不好看,将槟榔和着叶、熟灰嚼,日子一久,就可以使很白的牙齿变为漆黑。但有些女人是喜欢白牙底,她们也嚼槟榔,不过把灰灭去就可以。她起床,漱口后第一件事是嚼槟榔,为底是使牙齿白而坚固,外面大姑底叫唤,她都听不见,只是嚼着;还吸着烟在那里出神。

四弟也在房里,听见姊姊叫着妻子,便对她说:"快出去罢。姊姊要生气了。"

"等我嚼完这口槟榔,吸完这口烟才出去。时候还早咧。"

"怎么你不听姊姊底话?"

"为什么要听你姊姊底话?你为什么不听我底话?"

"姊姊就像母亲一样。丈夫为什么要听妻子底话?"

"'人未娶妻是母亲养底,娶了妻就是妻子养底。'你不听妻子底话,妻子可要打你好像打小孩子一样。"

"不要脸,那里来得这么大的孩子!我试先打你一下,看你打得过我不。"老四带着嬉笑的样子,拿着拓扇向妻子底头上要打下去。妻子放下烟管,一手抢了扇子,向着丈夫底额头轻打了一下,"这是谁打谁了!"

夫妇们在殡前是要在孝堂前后底地上睡底,好容易到早晨同进屋里略略梳洗一下，借这时间谈谈。他对于享尽天年底老父亲底悲哀，自然盖不过对于婚媾不久的夫妇底欢愉。所以，外头虽然尽其孝思；里面底"琴瑟"还是一样地和鸣。中国底天地好像不许夫妇们在丧期里有谈笑底权利似地。他们在闹玩时，门帘被风一吹，可巧被姊姊看见了。姊姊见她还没出来。正要来叫她，从布帘飞处看见四弟妇拿着拓扇打四弟，那无名火早就高起了一万八千丈。

"那里来底泼妇，敢打她底丈夫！"姊姊生气嚷着。

老四慌起来了。他挨着门框向姊姊说："我们闹玩；没有什么事。"

"这是闹玩底时候么？怎么这样懦弱，教女人打了你，还替她说话？我非问她外家，看看这是什么家教不可。"

他退回屋里，向妻子伸伸舌头，妻子也伸着舌头回答他。但外面越呵责越厉害了。越呵责，四弟妇越不好意思出去上供，越不敢出去越要挨骂，妻子哭了。他在旁边站着。劝也不是，慰也不是。

她有一个随嫁底丫头，听得姑太越骂越有劲，心里非常害怕。十三四岁底女孩，那里会想事情底关系如何？她私自开了后门，一直跑回外家，气喘喘地说："不好了！我们姑娘被他家姑太骂得很厉害，说要赶她回来咧！"

43

亲家爷是个商人，头脑也很率直，一听就有了气；说，"怎样说得这样容易——要就取去，不要就扛回来？谁家养女儿是要受别人底女儿欺负底？"他是个杂货行主，手下有许多工人，一号召，都来聚在他面前。他又不打听到底是怎么一回事，对着工人们一气地说，"我家姑娘受人欺负了。你们替我到许家去出出气。"工人一轰，就到了那有丧事底亲家门前，大兴问罪之师。

里面底人个个面对面呈出惊惶的状态。老四和妻子也相对无言，不晓得要怎办才好，外面底人们来得非常横逆，经兄弟们许多解释然后回去。姊姊更气得凶，跑到屋里，指着四弟妇大骂特骂起来。

"你这泼妇，怎么这一点点事情，也值得教外家底人来干涉？你敢是依仗你家里多养了几个粗人，就来欺负我们不成？难道你不晓得我们诗礼之家在丧期里要守制底么？你不孝的贱人，难道丈夫叫你出来上供是不对的，你就敢用扇头打他？你已犯七出之条了，还敢起外家来闹？好，要吃官司，你们可以一同上堂去，请官评评。弟弟是我抱大底，我总可以做抱告。"

妻子才理会丫头不在身边。但事情已是闹大了，自己不好再辩，因为她知道大姑底脾气，越辩越惹气。

落花生

第二天早晨，姊姊召集弟弟们在灵前，对他们说，"像这样的媳妇还要得么？我想待一会，就扛她回去。"这大题目一出来，几个弟弟都没有话说；最苦的就是四弟了。他知道"扛回去"就是犯"七出之条"时"先斩后奏"底办法，就颤声地向姊姊求情。姊姊鄙夷他说，"没志气的懦夫，还敢要这样的妇人么？她昨日所说底话我都听见了。女子多着呢，日后我再给你挑个好的。我们已预备和她家打官司，看看是礼教有势，还是她家工人底力量大。"

当事的四弟那时实在是成了懦夫了！他一点勇气也没有，因为这"不守制""不敬夫"底罪名太大了，他自己一时也找不出什么话来证明妻子底无罪，有赦免底余地。他跑进房里，妻子哭得眼都肿了。他也哭着向妻子说，"都是你不好！"

"是，……是……我我……我不好，我对对……不起你！"妻子抽噎着说。丈夫也没有什么话可安慰她，只挨着她坐下，用手抚着她底脖项。

果然姊姊命人雇了一顶轿子，跑进房里，硬把她扶出来，把她头上底白麻硬换上一缕红丝，送她上轿去了。这意思就是说她此后就不是许家底人，可以不必穿孝。

"我有什么感想呢？我该有怎样的感想呢？懦夫呵！

45

你不配颜在人世,就这样算了么? 自私的我,却因为不贯彻无勇气而陷到这种地步,夫复何言!"当时他心里也未必没有这样的语言。他为什么懦弱到这步田地? 要知道他原不是生在为夫妇的爱而生活底地方呀!

王亲家看见平地里把女儿扛回来,气得在堂上发抖。女儿也不能说什么,只跪在父亲面前大哭。老亲家口口声声说要打官司,女儿直劝无需如此,是她底命该受这样折磨底,若动官司只能使她和丈夫吃亏,而且把两家底仇恨结得越深。

老四在守制期内是不能出来底。他整天守着灵想妻子。姊姊知道他底心事,多方地劝慰他。姊姊并不是深恨四弟妇,不过她很固执,以为一事不对就事事不对,一时不对就永远不对。她看"礼"比夫妇底爱要紧。礼是古圣人定下来,历代的圣贤亲自奉行底。妇人呢? 这个不好,可以挑那个。所以夫妇底配合只要有德有貌,像那不德、无礼的妇人,尽可以不要。

出殡后,四弟仍到他底书塾去。从前,他每夜都要回武馆街去底,自妻去后,就常住在窥园。他觉得一到妻子房里冷清清地,一点意思也没有,不如在书房伴着书眠还可以忘其愁苦。唉,情爱被压底人都是要伴书眠底呀!

天色晚,学也散了。他独在园里一棵芒果树下坐着发闷。妻子底随嫁丫头蓝从园门直走进来,他虽熟视着,可像不理会一样。等到丫头叫了他一声"姑爷",他才把着她底手臂如见了妻子一般。他说,"你怎么敢来?……姑娘好么?"

"姑娘命我来请你去一趟。她这两天不舒服,躺在床上哪,她盼咐掌灯后才去,恐怕人家看见你,要笑话你。"

她说完,东张西望,也像怕人看见她来,不一会就走了。那几点钟底黄昏偏又延长了,他好容易等到掌灯时分! 他到妻子家里,丫头一直就把他带到楼上,也不敢教老亲家知道。妻子底面比前几个月消疲了,他说,"我底……,"他说不下去了,只改过来说,"你怎么瘦得这个样子!"

妻子躺在床上也没起来,看见他还站着出神,就说,"为什么不坐,难道你立刻要走么?"她把丈夫揪近床沿坐下,眼对眼地看着。丈夫也想不出什么话来说,想分离后第一次相见底话是很难起首底。

"你是什么病?"

"前两天小产了一个男孩子!"

丈夫听这话,直像喝了麻醉药一般。

"反正是我底罪过大,不配有福分,连从你得来底孩子也不许我有了。"

"不要紧的，日后我们还可以有五六个。你要保养保养才是。"

妻子笑中带着很悲哀的神彩，说，"痴男子，既休的妻还能有生子女底荣耀么？"说时，丫头递了一盏龙眼干甜茶来。这是台湾人待生客和新年用底礼茶。

"怎么给我这茶喝；我们还讲礼么？"

"你以后再娶，总要和我生疏底。"

"我并没休你。我们底婚书，我还留着呢。我，无论如何，总要想法子请你回去底；除了你，我还有谁？"

丫头在旁边插嘴说，"等姑娘好了，立刻就请她回去罢。"

他对着丫头说，"说得很快，你总不晓得姑太和你家主人都是非常固执，非常喜欢赌气，很难使人进退底。这都是你弄出来底。事已如此，夫复何言！"

小丫头原是不懂事，事后才理会她跑回来报信底关系重大。她一听"这都是你弄出来底"，不由得站在一边哭起来。妻子哭，丈夫也哭。

一个男子底心志必得听那寡后回家当姑太底姊姊使令么？当时他若硬把妻子留住，姊姊也没奈他何，最多不过用"礼教底棒"来打他而已。但"礼教之棒"又真可以打破人底命运么？那时候，他并不是没有反抗礼教底勇气，是他还没得着反抗礼教底启示。他心底深密处也会像吴明远那样说,"该死该死！我既爱妹妹,而不知护妹妹,我既爱我自己而不知为我自己着想,我负了妹妹,我误了自己！事原来可以如人意,而我使之不能,我之罪恶岂能磨灭于万一,然而赴汤蹈火,又何足偿过失于万一呢？你还敢说：'事已如此,夫复何言'么？"

四弟私会出妻底事,教姊姊知道,大加申斥。说他没志气。不过这样的言语和爱情没有关系。男女相待遇本如大人和小孩一样。若是男子爱他底女人,他对于她底态度语言、动作,都有父亲对女儿底倾向；反过来说,女人对于她所爱底男子也具足母亲对儿子底倾向。若两方都是爱者,他们同时就是被爱者,那是说他们都自视为小孩子故彼此间能吐露出真性情来。小孩们很愿替他们底好朋友担忧、受苦、用力；有情的男女也是如此。所以姊姊底申斥不能隔断他们底私会。

妻子自回外家后,很悔她不该贪嚼一口槟榔,贪吸一管旱烟,致误了灵前底大事。此后,槟榔不再入她底口,烟也不吸了。她要为自己底罪过忏悔,就吃起长斋来。就是她亲爱底丈夫有时来到,很难得的相见时,也不使他挨近一步,恐怕玷了她底清心。她只以念经绣佛为她此生唯一的本分,夫妇的爱不由得不压在心意底崖石底下。

十几年中，他只是希望他岳丈和他姊姊底意思可以换回于万一。自己底事要仰望人家，本是很可怜的。亲家们一个是执拗，一个是赌气，因之光天化日底时候难以再得。

那晚上，他正陪姊姊在厅上坐着，王家底人来叫他。姊姊不许，说："四弟，不许你去。"

"姊姊，容我去看她一下罢。听说她这两天病得很厉害，人来叫我，当然是很要紧的，我得去看看。"

"反正你一天不另娶，是一天忘不了那泼妇底。城外那门亲给你讲了好几年，你总是不介意。她比那不知礼的妇人好得多——又美、又有德。"

这一次，他觉得姊姊底命令也可以反抗了。他不听这一套，径自跑进屋里，把长褂子一披，匆匆地出门。姊姊虽然不高兴，也没法揪他回来。

到妻子家，上楼去。她躺在床上，眼睛半闭着，病状已很凶恶。他哭不出来，走近前，摇了她一下。

"我底夫婿，你来了！好容易盼得你来！我是不久的人了，你总要为你自己的事情打算；不要像这十几年，空守着我，于你也没有益处。我不孝已够了，还能使你再犯不孝之条么？——'不孝有三，无后为大。'"

"孝不孝是我底事；娶不娶也是我底事。除了你，我还有谁？"

这时丫头也站在床沿。她已二十多岁，长得越妩媚、越懂事了。她底反省，常使她起一种不可言喻的伤心，使她觉得她永远对不起面前这位垂死的姑娘和旁边那位姑爷。

垂死的妻子说："好罢，我们底恩义是生生世世的。你看她，"她撮嘴指着丫头，用力往下说，"她长大了。事情既是她弄出来底，她得替我偿还。"她对着丫头说，"你愿意么？"丫头红了脸，不晓得要怎样回答。她又对丈夫说，"我死后，她就是我了。你如记念我们旧时的恩义，就请带她回去，将来好替我……"

她把丈夫底手拉去，使他揸住丫头底手，随说，"唉，子女是要紧的，她将来若能替我为你养几个子女，我就把她从前的过失都宽恕了。"

妻子死后好几个月，他总不敢向姊姊提起要那丫头回来。他实在是很懦弱的，不晓怎样怕姊姊会怕到这地步！

离王亲家不远住着一位老妗婆。她虽没为这事担心，但她对于事情底原委是很明了底。正要出门，在路上遇见丫头，穿起一身素服，手挽着一竹篮东西，她问，"蓝，你要到那里去？"

"我正要上我们姑娘底坟去。今天是她底百日。"

老妗婆一手扶着杖，一手捏着丫头底嘴巴，说，"你长得这么大了，还不回武馆街去么？"丫头低下头，没回答她。她又问，"许家没意思要你回去么？"

从前的风俗对于随嫁底丫头多是预备给姑爷收起来做二房底，所以妗婆问得很自然。丫头听见"回去"两字，本就不好意思，她双眼望着地上，摇摇头，静默地走了。

妗婆本不是要到武馆街去底，自遇见丫头以后，就想她是个长辈之一，总得赞成这事。她一直来投她底甥女，也叫四外甥来告诉他应当办底事体。姊姊被妗母一说，觉得再没有可固执底了；说，"好罢，明后天预备一顶轿子去扛她回来就是。"

四弟说："说得那么容易？要总得照着娶继室底礼节办；她底神主还得请回来。"

姊姊说："笑话，她已经和她底姑娘一同行过礼了，还行什么礼？神主也不能同日请回来底。"

老妗母说："扛回来时，请请客，当做一桩正事办也是应该底。"

他们商量好了，兄弟也都赞成这样办。"这种事情，老人家最喜欢不过，"老妗母在办事底时候当然是一早就过来了。

这位再回来底丫头就是我底祖母了。所以我有两个祖母,一个是生身祖母,一个是常住在外家底"吃斋祖母"——这名字是母亲给我们讲祖母底故事时所用底题目。又"丫头"这两个字是我家底"圣讳",平常是不许说底。

我又讲回来了。这种父母的爱底经验,是我们最能理会底。人人经验中都有多少"祖母的心""母亲""祖父""爱儿"等等事迹,偶一感触便如悬崖泻水,从盘古以来直说到于今。我们底头脑是历史的,所以善用这种才能来描写一切的故事。又因这爱父母底特性,故在作品中,任你说到什么程度,这一点总抹杀不掉。我爱读《芝兰与茉莉》,因为他是源源本本地说,用我们经验中极普遍的事实触动我。我想凡是有祖母底人,一读这书,至少也会起一种回想底。

书看完了,回想也写完了,上课底钟直催着。现在的事好像比往事要紧;故要用工夫来想一想祖母底经历也不能了!大概她以后底境遇也和书里底祖母有一两点相同罢。

写于哥伦比亚图书馆四一三号,检讨室,

十三年,二月,十日。

(选自1924年5月10日《小说月报》第15卷第5期)

无法投递之邮件（节选）

弁　　言

　　有话说不出是苦；说出来没有人听，更苦。有信不能投递是不幸；递而递不到，更不幸。这样的苦与不幸，稍有人间经验底人没有一个不尝过。

　　一个惯在巴黎歌剧场鉴赏歌舞底人到北京底茶园去听昆曲，也许会捧腹大笑，说"这是什么音乐？"这样的人，我们可以说他不懂昆曲。一只百灵在笼里嘤鸣，养它底主人虽然听不懂它底意思，却也能羡赏它底声音，或误会它，以为它向着自己献媚。一只螗蝉藏在阴森的丛叶底下，不断地长鸣，也是为求它底伴侣，可是有时把声音叫嘶了，还是求不着。在笼里底鸟不能因为自己不自由，或被人误会而不唱。

在叶底底蝉不能因求伴不得而不叫唤。说话与写信也是如此。听不懂，看不懂，未必不能再说，再写。至若辞不达意，而读者能够理会，就更可以写；辞能达意，明知读者要误会，亦不能不写。写在我，读在人，理会与误会，我可以不管。投在我，递在人，有法投递与无法投递，我也可以不管。只要写了，投了，我心就安慰而满足了。只要我底情意表示出来，虽递不到，我也算它递到了。

十六年十一月落华生自叙于面壁斋

答　劳　云

不能投递之情形——劳云已投金光明寺，在岭上，不能递。

中夜起来，月还在座，渴鼠蹑上桌子偷我笔洗里底墨水喝，我一下床它就吓跑了。它惊醒我，我吓跑它，也是公道的事情。到窗边坐下，且不点灯，回想去年此夜，我们正在了因底园里共谈，你说我们在万本芭蕉底下直像草根底下斗鸣底小虫。唉，今夜那园里底小虫必还在草根底下叫着，然而我们呢？本要独自出去一走，争奈院里鬼影历乱，又没有侣伴，只得作罢了。睡不着，偏想茶喝。到后房去，见我底小丫头被慵睡锁得狠牢固，不好解放她。喝茶底念头，也得作罢了。回到窗边坐下，摩摩窗棂，无意摩着你前月底信，就仗着月灯再念了一遍。可幸你底字比我写得还要粗大，念时，尚不费劲。在这时候，只好给你写这封回信。

劳云，我对了因所说，那得天下荒山，重叠围合，做个大监牢——野兽当逻卒，烟云拟桎梏，古树作栅栏，茑萝为索，——闲散地囚尽你这流动人愁怀底诗犯？不想真要自首去了！去也好，但我只怕你一去到，那里便成为诗境，不是诗牢了。

你问我为什么叫你做诗犯，我自己也不知其所以然。我觉得你底诗虽然狠好，可是你心里所有底和手里写出来底总不能适合，不如把笔摔掉，到那只许你心儿领会底诗牢去更妙。遍世间尽是诗境，所以诗人易做。诗人无论遇着什么，总不肯默着，非发出些愁苦的诗不可，真是难解。譬如今夜夜色，若你在时，必要把院里所有的调戏一番，非教他们都哭了，你不甘心。这便是你底过犯。所以我要叫你做诗犯，狠盼望你做个诗犯。

一手按着手电灯，一手写字，狠容易乏，不写了。今夜起来，本不是为给你写回信，然而在不知不觉中，就误了我半小时，不能和我那个"月"默谈。这又是你的罪过！

院里的虫声直如鬼哭，听得我毛发尽竦。还是埋头枕底，让那只小鼠畅饮一场罢。

旅印家书（十五）

妻子：

我四月二十四日去信大致说了燕京大学不是久留之地，总有一天他们会开除我。你知道，我读在燕京，我教在燕京，我生活在燕京，我尊敬燕京的老师，我爱护燕京的学生，对母校燕京是有感情的。但对燕京当局的种种措施不能容忍，我决心要离开。我告诉过你，缅甸大学邀我去教书，我又想组织电影经理处，又想办研究院。最后决定还是办一个中学切合实际，中学是基础教育，可以为高一级学校或专科学校培养后备军。而且你又是中学教师，我们同心协力建设一个最理想的中学。这个建议你赞同吗？来信告诉我。

你问我除研究梵文和印度哲学外还做些什么，你知道我一天总是在图书馆的时候多,过去在牛津大学人们开玩笑叫我书虫,书虫是蛀书的,但是读书读到深邃倒是我所乐为的,假使我的财力和事业能允许我,我愿意在牛津做一辈子书虫,做书虫也是不容易的,须要具备许多条件。我没有条件,只是抱着读得一日便得一日之益的心志。

好人!你看我的书斋名面壁斋,过去我没向你解释,就是心无二用、目无斜视的读书。这样才能专心致志,武装自己的头脑,才能广博知识,明析道理,坚持革命精神经久不惑且愈坚。

我除读书外还写写小说,过去在家里写好了你代我抄,现在写好了还要自己抄,有时抄得手腕都痛起来。我想还是把初稿寄给你,你代抄,还可以让你先看看,也可以提提修改的意见。

今日就写到这里。

地山　四月三十日

观音崇拜之由来

[北平通讯]燕大教授许地山氏，现正写作《观音崇拜之由来》一文，尚未脱稿，前日许氏应该校中西同人之请，对此题略作讲述，简明扼要，极富兴趣，当此我国一般民众对观音之崇拜，尚极普遍之时，此亦为应有之常识，爰录其讲词大意如后：

最受崇拜的菩萨，是观音与弥勒，观音崇拜完全是宗教性的，而弥勒带些政治性，因为他是未来世的弥赛亚，自白莲教至义和团，教友与团友都尊崇弥勒菩萨，现在专讲观音。

观音是梵语"阿缚卢枳多伊湿伐罗"的讹译，"音"（婆娑罗）乃是"自在"（伊舍婆罗）之误。自在在哲学上与信仰上,都指神,王,主而言。凡是求菩提的,无论其是否凡人,都可称为自在。凡菩萨具足菩萨性者,即是菩萨摩诃萨。今日甘地受其同胞的尊敬,故有摩诃萨(大有情)甘地之称。

从文法上讲,观自在应当解作以慈悲观察的主,可以见到一切,救度众生,他是世间的主,所以也称为世自在,他并无人性,其受人崇拜之始,约在纪元前一世纪与后一世纪之间。

他也是将死者的神,当病人快死的时候,家人总将观音像摔到他的床前,让他可以安然去世。

净土宗说观音是阿弥陀的儿子,阿弥陀是日神,住在西方日落处,观音与阿弥陀之日性,见于《阿弥陀经》。从《妙法莲花经》的"普门品"里,我们可以看到他的大慈大悲。虔诚的人,天天念"普门品"(《观音经》),在鸠摩罗什的《莲花经》里,观音有三十三个化身,就各人等级高低而随时现不同的身说法。

观音崇拜源于印度教的神妃派(Saktism)。梵,毗纽,湿缚是印度教的最胜三尊,湿缚的配偶最受普遍的信仰,她是毁灭与再造之神,隐为弥陀,为无量光,显为观音,为有限光。原来印度当一世纪时,神妃派大盛,每个神都有配偶,现在西洋人进入印度教的庙宇,看见了具有生殖器的神像,以为是非常猥亵的,其实,阴阳性器不过是生命的象征。

观音亦是生命的赐予者:观音送子。东西京大教授高楠顺次即说:"欧洲骑士风气与圣母崇拜,都是受着经小亚细亚而传入的印度思想之影响而产生的。"圣方济各沙勿略(St. Francis Xavier)将天主教传入日本之后,日本的幕府,有一时期迫害过天主教徒,那时圣母崇拜者,假称玛利亚为子安观音(即送子观音)。

中国的观音崇拜大约始于四世纪时,法显(399—414)留学印度时,只见一处大乘教徒,崇拜观音,而玄奘(629—645)至印度时,看见许多的观音像供奉着,大概朝拜佛迹圣地回来的人,不无助进观音崇拜的贡献。

补陀落迦即是观音所住的圣地,在印度河口的赦罪岛(Pa-Pa-nasam)上,每年不少善男信女,南来沐浴,希望圣地的泉水,能够洗去他们的罪孽(浙江定海县的普渡山,梵名亦为补陀落迦)。

在中国,不少关于观音有兴味的故事。南北朝时,年年刀兵,人民处于水深火热之中,惟有念《观音经》,以求大悲之解救。同时,产生了不少关于神迹的故事,而观音像的形式,也并不一致。我们知道,观音的原始,是个阴性的神。不过无论说其是男神或是女神,总是一个观音;一个观音有多数不同的化身。且说唐太宗为了姓李的缘故,把老子当作祖先而重道教。僧法淋不以为然,他说皇室原属鲜卑,本没有汉姓。皇帝怒,定其死罪,限其用七天工夫,在牢监里呼求观音之名,且看他所信仰的菩萨来救他不救。第七日,他求见皇帝。皇帝问他是否天天求告菩萨,他说:"这七天内,我一心只呼求陛下。因为陛下实在是观音的化身,所以人民在这强盛而公平的大国里必不致无辜受死。"于是皇帝发动慈心,免其死,将他放逐到岭南去。佛教徒当这件事为神迹。喇嘛教徒公认西藏的达赖喇嘛,为观音的化身。

中国与日本佛教艺术所表现的观音,可以列举出七种来:

(一)圣观音(大慈观音)。原始的最佛教化的观音,左手拿着莲花,右手放在胸部,是代表佛教的纯净和特殊性。

(二)马头观音(师子无畏观音)。他有马的头,一对伸出口外的长牙,和八只臂,其中的两只,握着 vajra 和莲花,他代表佛教进步与非常的能力。

(三)十一面观音(大光普照观音)。有十一个面孔:前面的三个是慈善的,左面的三个是忿怒的,右面的三个是训诲的,一个向上,是心平气和,泰然自若的态度。又有四只手,一只拿着念珠,一只拿着莲花,一只拿着水瓶,另一只手手掌向外举着。他显示对人类的关切,四面八方普照着。

(四)如意轮观音(大梵深远观音)。普通都是二只手臂的,少数也有六个手臂的。是在深思的样子,头有些向右转,右手支腮,左手扶膝。如果有六只手,则其余四只拿着希望石,轮子,念珠与莲花。他满足人类的需求。

(五)准提观音(天人丈夫观音)。一个三眼十八臂的女性,代表光明与智慧。

(六)千手观音(大悲观音)。面上有三只眼睛,身上四十或三十八只手臂,每个手心上有眼睛一只。他拿着刀,剑,斧等物,是最受尊崇的菩萨之一。

(七)不空索观音(与不空钩观音同体)。三面,八臂,手里拿着绳子。

在中国最受普遍崇拜的是圣观音,白衣观音,柳枝水瓶观音。在印度,水瓶与柳枝是家家必用的东西。每天早晨,印度人折柳枝来刷牙,刷完就丢弃。牙刷印度人不喜欢用,厌它不洁。至于观音的柳枝,是奇妙不过的,是普济众生的象征。

此外,还有鱼篮观音,送子观音,与青颈观音。关于鱼篮观音有这样的一个传说:海龙王的女儿,化了一条鱼在水中游玩,不留神,被渔翁捕获。观音见了,发动慈心,从座而降，将她买过来放生。从此这龙王的女儿，因感激观音的恩典而精修。

送子观音，在日本叫做子安观音，是生命的赐予者。妇女最崇拜她，有将她供奉在卧室里的。

青颈观音的来历，也有一种说法。有个乳海，充满了生命的奶。恶魔起恶意，想倒一碗极猛烈的毒药下去。观音为欲解救这苦难，亲自将毒药饮尽。毒发，头颈就变蓝了。

（选自1934年11月19—20日天津《大公报》）

读 书 谈

读书是一件难事：有志气，没力量读不了；有力量，没天分，读不好；有天分，没专攻，读不饱；既专攻，没深思，读不透。其余层层叠叠的困难，要说起来还可以扯得很长。读书是不容易，却不是不可能，即如没有天分，没有力量底人，若是不怕困难，勇猛为学，日子深了，纵然没有多大的成就，小成功总不会没有。我信将来人们读书必定比较容易。从行为说，能读以前，必须先费好些时间去认字和读文法，这也是增加读书底困难底一件事，但今后"有声书"必会渐次发达，使人不认得字也可以听书。"有声书"依着话片或有声电影片底原理，一打开书，机器便会把其中的意义放送出来。虽然如此，"无声书"也不见得立刻便会站在被淘汰之列。

文字比语言较有恒久性，所寓底意义也比较明了。这话也许不对，但目下情形，听书底习惯还没形成以前，读书底困难，虽然图书馆很方便也还没把前头所说底种种困难移掉。这里没有谈书籍底将来，因为这个问题一开展起来，也可说得很多，所以要言归正传，只拿一个"读"字来说。

在这小文里，我把读书分做三部分来说。第一，读书底目的。第二，读书底方法。第三，读书人对于书底道德。

一、读书底目的

书不是人人必读底，不过，若是能读底话，就非读不可。我想读书底目的有三种：第一为生活，第二为知识，第三为修养。第一个目的是浅而易见的，要到社会混饭吃，又不愿意去"做手艺"，"当听差"，不在学堂里领一张文凭便不成功。再进一步说，若要手艺做得好，听差当得令人称意也非从书里去找出路不可。读书人，尤其是大学生，许多并没有做律师底天才，偏要去学法律；没有当医师底兴趣却要去习医学；因为"谋生"与"出路"无形中浪费了许多青年底时间，精神和金钱。所以在进大学或专门学校以前，学者应当先受学习能力与兴趣底测验，由专家指导他，向着与他合式底科目去学。若能这样办，读书为用底目的才算真正地达到。不然，所学非所用，或对于所学不忠实底事情一定不能免。如果兴趣或能力改变，自然还可以更换他底学与业，所不能有底，是学者持着"敲门砖"底态度，事一混得来，书本也扔了。

第二种目的，读书为求知识。这个目的可以说超出饭碗问题之上，纯为求知识而读书，以书为嗜好品，以书为朋友，以书为情人。读书为用，固然是必要的，然而求知识也是人生不可少的欲望。生活是靠知识培养底。一个人虽然不须出来混饭，知识却不能不要。有一次，同学李勋刚先生告诉我，说他有一个很骄傲的朋友，最看不起人抱着书来念，甚至反对人进学堂，那朋友说：我一向没进过学校，可以月月赚钱，读书尤其是入大学，是没用的。李先生回答他说：自然，像你有万贯家财，做事不做事没关系，可是念书并不单为做事，得知识，叫人不糊涂，岂不是也顶重要么？像我进过大学，虽然没赚得像些没进过大学底人们那么多钱，若是我底孩子病了，我决不会教他吃下四只蝎子。他这话是因那朋友在不久的过去，信巫医底话，把四只蝎子煅成灰，给他一个有病的儿子吃，不幸吃坏了！这事很可以指出知识是人生最要紧的一件事。有知识，便没有糊涂的行为。知识大半是从书本上得来。一个人常要经过乱读书底时期，才能进入拣书读底境地。乱读书只是寻求知识底初步，拣书读，才能算上了知识底轨道。

第三种目的是为修养。"读圣贤书，所学何事？"这话充分表现读书为修养底意思。古人读书底目的求知与修养是一贯的，因为读不成书底早当离开学校到市廛或田野去了。市廛与田野乃小人底去处，知识与修养不能从那些地方得来。这观念当然不正确，应是读一日书当获一日之益，读一日书，有一日之用。无论取什么职业，当以不舍书本为是。深奥的书不能读，浅近的书也应当读，不然，真会令人堕落到理智丧失底地步。读书只为利用与知识是不够底。用，要审时宜；知，要辨利害，要做到这一层，非有涵养不可。古人劝人以"不以情欲杀身，不以学术杀天下后世"，是表明修养底重要。我们可以说，所得于读书底，不但希望能在生活得成功，在理智得完备，并且在保持道德与意志底康健。

古人关于读书底名言很多，这里请依着上述三种目的选录些出来。也许有人会批评说那些都是酸秀才底腐话，但我觉得真实的话虽然古旧却不会腐败些毫。因为读者不见得对于底下所选底句句都能接受，所以要多选几条。

  今之士，非尧舜文王，周，孔不谭，非《语》《孟》《大学》《中庸》不观；言必称周，程，张，朱；学必曰致知格物；此自三代而后，所未有也，可谓盛矣！然豪杰之士不出；礼义之俗不成；士风日陋于一日；人才岁衰于一岁。而学校之所讲，逢掖之所谭，几若屠儿之礼佛，倡家之谈礼者，是可叹也。（年允中《庸行编》卷二）

读书贵能用。读书不能用，是读书不识字也。郭登《咏蠹鱼》诗云：元来全不知文意，枉向书中过一生。（同上）圣贤之书所载皆天地古今万事万物之理。能因书以知理，则理有实用。由一理之微，可以包六合之大；由一日之近，可以尽千古之远。世之读书者生乎百世之后，而欲知百世之前，处乎一室之间，而欲悉天下之理，非书曷以致之？书之在天下，五经而下，若传，若史，诸子百家，上而天，下而地，中而人与物，固无一事之不具，亦无一理之不该学者诚即事而求之，则可以通三才而兼备乎万事万物之理矣。虽然，书不贵多而贵精，学必由博而守约。果能精而约之以贯其多与博，合其大而极于无余，会其全而备于有用，圣贤之道，岂外是哉？（《清圣祖庭训格言》）

米元章云，一日不读书，便觉思涩。想古人未尝片时废书也。（《庸行编》卷二）为学之道，莫先于穷理。穷理之要，必在于读书。(同上)古人书籍，近人著述，浩如烟海，人生目光之所及者，不过九牛之一毛耳。……知书籍之多，而吾所见者寡，则不敢以一得自喜，而当思择善而约守之。(曾国藩《求阙斋日记》)

君子之学非为富贵也，此心此理不可不明故也。为富贵而学，其学必不实，其理必不明，其德必不成者也。(《庸行编》卷二)

读书原是要识道理，务德业，并不只是为功名。若不慕天地之理，不究身心之业，纵使功名显贵，亦是不肖子孙。若道理明白可以立身，可以正家，可以应世处事，虽终身不得一衿，亦为祖父光荣。(张师载《课子随笔》)

吾辈读有字的书却要识无字的理。理岂在语言文字哉？只就此日，此时，此事，求个此心过得去的，便是理也。(《身世金箴》)

道理书尽读；事务书多读；文章书少读；闲杂书休读；邪妄书焚之可也。(吕坤《呻吟语》)

读书能使人寡过，不独明理。此心日与道俱，邪念自不得而乘之。(同上)

朱子云，读书之法当循序而有常，致一而不懈，从容乎句读文句之间，而体验乎操存践履之实，然后心静理明，渐见意味。不然，则虽广求博取，日诵五车，亦奚益于学哉？此言乃读书之至要也。人之读书本欲存诸心，体诸身，而求实得于己也，如不然，将书泛然读之，何用？凡读书人皆宜奉此为训也。（《庭训格言》）

先儒谓读书要能变化气质，盖人性无不善，气质却不免有醇疵，只要自己晓得疵处，便好用功去变化他。（《课子随笔》）

读书不希圣贤如铅椠傭；居官不爱子民如衣冠盗；讲学不尚躬行如口头禅；立业不思种德，如眼前花。（洪自诚《菜根谭》）

以上几条是从读书底目的讲，古人看读书底最重要的目的是修养，其次是知识，最后乃是应用。这三样很有连络起来底必要，只为一个目的而读书，恐怕不能得到书底真意味。

二、读书底方法

读书方法讲起来也没有"西法"和"中法""古法"和

"今法"底分别，不过古人书少，所读有限，因为虚心底原故，把一生工夫常用在注解古书上头。思想在无形中因而停滞。为达到上说三种目的，无论用什么方法都可以，但是个人性质不同研究材料底多少难易，使他采取一种适合的方法。古训中有许多地方教人怎样读书底。现在略引几条在底下。

为学先须立大规模，万物皆备于我，天地间孰非分内事？不学，安得理明而义精？既负七尺，亦负父兄，愧怍何如？工夫须是绵密，日积月累，久自有益，毋急躁，毋间断，病实相因，尤忌等待。眼前一刻，即百年中一刻，日月如流，志业不立，坐等待之故。（张履祥《澉湖塾约》）

一率作则觉有义味，日浓日艳，虽难事，不至成功不休；一间断则渐觉疏离，日畏日怯，虽易事，再使继续甚难。是以圣学在无息，圣心在不已。一息一已，难接难起，此学者之大惧也。（《呻吟语》）

读书不可有欲了底心，才有此心，便心在背后白纸去了，无益。须是紧着工夫，不可悠忽，又不须忙，小作课程，大施工力。如会读得二百字，只读一百字，却于百字中猛施工夫，理会仔细，徘徊

顾恋，如不欲去，如此，不会记性人亦记得，无识性人亦理会得。(《庸行编》卷二)

凡人读书或学艺每自谓不能者事自误其身也。中庸有云："有弗学，学之弗能，弗措也，……人一能之，已百之，人十能之，已千之。果能此道矣。虽愚必明，虽柔必强。"实为学最有益之言也。(《庭训格言》)

读书有不解处，标出以问知者，慎勿轻自改窜"银""根"之误，遗笑千古。(申涵光《荆园小语》)

学者欲决不堕落，惟在能信，欲道理八面玲珑，惟在能疑。善思则疑，躬行则信。信则人品真实，疑则心事精微。(《庸行编》卷二)

读书要疑，大疑大悟，小疑小悟，不疑不悟。(同上)

少年学问当如上帐，当如销帐。(同上)

从以上所引几件看来，古人为学底方法，可以找出几点，第一是宇宙里底一切都应看为学者分内所当知底对象，而知底方法是绵密地观察和诵读，不慌不忙，日积月累，终有成功底一天。第二不怕困难，不可中间停滞，"一日曝之，十日寒之"，不是个办法。第三，不要自以为不能，先得有"人一能之，己百之，人十能之，己千之"底心，进而达到博学，审问，慎思，明辨，笃行底程序。第四，为学当利用疑与信两种心情。不疑便不能了悟，因为学者心目中没有问题，当然学业不会给他多少刺激，既悟以后，便当对于所知有信仰。没有信仰，所行便与所知背道而驰，结果会弄到像"屠儿礼佛"，"倡家谈礼"一般。第五，少年时代求学在多知，像上账一样，老年却在去知，把所知底应用出来，一件一件地做，像销账一样。看来古人是注重在修养与力行方面，知而不行，便是学还没得到方法底表征。

现在我们应读底书多过古人几千倍，在道理上讲，读书底目的仍没多少更变。不过方法学发达了，我们现在用不着死记底工夫。知识底朋友多了，我们有问题可以彼此提出来，互相讨究。这比古人读书底困难实在天壤之隔。若讲到现代读书底方法，当然也可以依着前头三种目的去采取。为修养和为知识而记下底笔记定然是不同底。在所学还没有得系统底时候，应当用纸片将书中所要用底文句钞下来，放在一定的地方，自己分出类部来。纸片记法是现在最流行底一种方法，从前我们底旧书塾也有类乎这样办法，便是用纸签一条一条钞起来，依着部类钉在一起这便是"条"字底原来意思。假如在纸片里发现出可疑底地方，应当另外提出来，备日后的探究。注解书籍底工夫不必人人去做，但若要训练自己读书底严勤习惯，也不妨在这事上做一些工夫。注解当然要包括校勘，那么没有目录学底书籍也不成。凡读书当选最靠得住底本子去读，如果读诵底过程中发现什么新解，先不要自满，看看前人已经见到没有，有人说过什么话没有，自己底推论有没有力量。只是学不能叫做读书，非要思索过不可。读书不消化毛病就在学而不思上头。现在且把读书方法底程序简略写几句，第一步当检阅目录，如果有书评，靠得住的，也当读一下。近代的书贾多为赚钱，宣扬文化不是他们底目的，有时看见底书名很好，内容却是乱七八糟。以致读者对于书底选择成为很重要的问题。如果依着靠得住底评书家底指导，浪费时间金钱和精力底事也就可以避免了。得到要念底书以后，第二步底工作便记录书中底大意，用笔记法或签条法，纸片法都成。这可以依着读者底习惯和需要去做。从前底学者很爱剪书，把所要底材料都剪下来贴在一起。这是很费事和糟塌书底办法。为要简便只把所要章节在书上底卷数篇数记录起来就够了。第三步，便到应用底程序上。将所得底整理好，排列出次序来，到一需用起来，便左右逢源了，这是读书底最有效的方法。

三、读书人对于书底道德

从前的人对于书籍很爱惜，若非不得已决不肯在本子上涂红画绿。书籍越干净，读底人越觉有精神。在图书馆里，每见读者把公共的书籍任意涂画，圈点批注，无所不至。甚至于当公书为私产，好像"风雅贼"底徽号是于为学无损似的。不想读者底用功处便在以行为来表显知识，行为不正，若不是邪知，便是不知底原故。许多公共图书馆都发现过馆里底书籍常有被挖，撕，藏，偷底四件事。道德程度高的读者当然没有这样事。而那毁书偷书底人们，所做底乃是损人不利己。因为知识说到底还是公共的。自己如把全部书底一部分偷走，别人固然不能读，自己所得也是不完全的。还有借书不还也是读书人一件大毛病。所以有许多人不愿意把书轻易借给人。倘若能够把这些恶习都改正，我想我们在读书上便会增加了不少的方便。读书底道德问题虽然无关于知识，但会间接地影响到学业上，便是有养成取巧底习惯。积久便会堕落到不学底地步，所以读书人应当在这点加意。

（选自1935年4月16日《北平晨报·北晨学园》第802期）

近三百年来底中国女装（节选）

　　穿衣服底动机有三：一为护体，二为遮羞，三为装饰。这三种中以装饰为最多变化。衣服底形式所以屡次变迁都系在装饰底趣味上。在蛮野社会中，男子底衣服多是为装饰，而女子就多为遮羞。除掉护体底甲胄皮毛外，一切衣服都含有很重的两性要素。文化低下的民族底装饰每近于性器官底部位，为底是增加性的引诱。所以有人说衣服原来是带着生殖象征性底。装饰包含文身，瘢身，画身，去毛，盘发，变形，等。文身是用利器划破皮肤，使成种种花纹，涂上彩色，使它永远不退。瘢身是烧或割伤皮肉，使疮愈后，永留疤痕。画身是在身面涂上粉墨或其它颜色，如擦粉，画眉，涂脂，点唇，染齿，染甲，都属这一类。去毛有拔，剃，剪三个方法。

盘发如梳髻，打辫，总角，胶发，都算在里头。变形如修甲，烫发，束胸，束腰，缠足乃至无故镶金牙，等，都是。衣服底祖先是文身，瘢身，画身。刺划在身上底花纹不能改变，画上去底又容易掉，所以衣服一出世，它们便渐次消灭了。

　　服装底形式，大概可以分为七种：一、战利品底安置；二、威吓作用；三、性的引诱；四、职业底表示；五、性别的表示；六、地域底特征；七、宗教底信仰。原人披毛戴角，是为安置战利品或增强披戴者底威武，使人一见便起恐怖。性的引诱在服装上占很重要的地位，所谓"三分人，七分装"，很可以表明这意思。两性生活底束缚与解放也可以从衣服看出来。服装上含有两性作用底有下列四个方法。一、使身体增高，如穿高跟鞋，戴高帽之类。二、使身体增广或缩小，如广袖，阔裙，束胸，束腰之类。三、指示身体底特殊部位，如在耳，鼻，手，足，颈，腰，等处，戴环状或其它的饰物。四、指示身体某部底动作，如飘带，铃钏之类。职业底表示，如军装，工装，等，衣服上有特殊的设施，以备携带主要的用品。现代的衣服，好像没有多少地域性，但在闭塞一点底地方，服装底形式，和所用底材料，一看便可以分辨出那着底人是属于什么地方底。此外还有夸耀缝匠底手艺底衣服，因为技艺高下底不同，形式也随着变化，近代的服装所以变得这么快就在这里。营业上底自由竞争，加上穿衣服底人们底夸奇眩异，使裁缝和装饰家得以时常翻新花样。

社会生活与经济政治都与衣服底改变有密切关系。男子底服装大体说来不如女子底变得那么快。中国底女装在近二十年来变得更快，这是指示近年女子底生活底变动。她们从幽闭的绣房跳出来演电影，作手艺，做买卖，当教员，乃至做官吏，当舞女，在服装上自然不能不改变。关于衣服迁变底研究，是社会学家，历史家，美术家，家政学家应当努力底。本文只就个人底癖好和些微的心得略写出来，日后有本钱，当把它扩成一本小图册。

近三百年来底服装，因为满族底统治与外国底交通，而大变动。最初变更底当然是公服，以后渐次推及常服。但强制的变更只限于男子，女子服装底改变却是因于时髦。我们从顺治朝对于衣服所下底诏令可以想出当时底光景。

一、顺治元年十月，命文臣衣冠暂从明制。这时对人民底装束并没有什么规定。

二、顺治二年六月，定剃发之制，限旬日内一律遵行，违者杀无赦。这时所下底诏令也没提到改变衣服底话。在狄葆贤先生《平等阁笔记》（卷二，十五页）里，记一件趣事说："明末有遗老某君因不愿剃发，遂改作女子装束，终身雌伏，著作甚富。"当时因不愿剃发而死底很多，但改作女装祈活底当也不少。因为男女衣服自来便没有多大的分别，所差底只是下身底百褶裙与头上底髻鬟而已。男子装束除僧道以外，自剃发令一下，都改变了，顺治二年闰六月始定群臣公以下及生员耆老顶戴品式。

三、顺治四年十一月始定官民服饰之制。定制只说官民应用底材料和颜色，却没指定什么款式。所以到乾隆初期鄙塞一点底地方还有不少明装底男女。若不做官吏，人们就没有戴红缨帽或穿马褂底必要。如把辫子盘在顶上，把青毡帽一戴，从衣服是分不出来底，清初底辫子又格外地小而短，不像清末那么长大，所以外表没有何等大变动。妇女底服装简直是没变过，不但如此，满洲妇女还要模仿汉装，乾隆间，一再降旨严禁缠足，但仿汉女衣服却没有禁止过。满洲人底装束，男女大体一样，女子不着裙，是与汉人不同底一点。

近三百年来底服装与古时不同底地方最显著的是用钮扣代替带子。明以前底衣服都是没钮扣底，明末，女人于霞佩上间或用金质扣子，但没见过钮子。钮底应用最初恐怕是在盔甲上。从前武士底中衣有用"蜈蚣钮"底，由第一个钮襻穿入第二个钮襻，这样可以穿到二三十个，到末扣上一个钮。蜈蚣钮底形状和现在的"随折扣"一样，但前者只便于解，而不便于扣，后者扣解都方便，并且伸缩可以随意。乾隆以后，西洋品物渐次输入，而服装底形式还没改变，只所用材料有时也以外货为尚而已。近三十年来，仕女与外人接触日多，拜倒于他人文化之前，家具服装，样样崇尚"洋式"，"新式"，或"西式"，因此变迁得最剧烈。

衣服可以分为公服，礼服，常服三种。公服是命妇底服装，自皇后以至七品命妇都有规定，礼服从民人说可以分为吉服与丧服两种。平常的服装底形式最多，变迁也比前二种自由。本文所要提出底特注意在这一种上头。今依次叙述在底下。

（选自1935年5月11日天津《大公报·艺术周刊》第32期）

民国一世
——三十年来我国礼俗变迁底简略的回观

转眼又到民国三十年，用古话来说，就是一世了。这一世底经历真比前些世代都重要而更繁多，教大家都感觉是在一个完全不同的世界里生活着。这三十年底政治史，说起来也许会比任何时代都来得复杂。不过政治史只是记载事情发生后底结果，单从这面看是看不透底。我们历来的史家讲政必要连带地讲到风俗，因为风俗是民族底理想与习尚底反映，若不明了这一层，对于政治底进展底观察只能见到皮相。民国一世底政治史，说来虽然教人头痛，但是已经有了好些的著作。在这期间，风俗习尚底变迁好像还没有什么完备的记载，所以在这三十年度开始，我们对于过去二十九年底风尚不妨做一个概略的回观。自然这篇短文不是写风俗史，不过试要把那在政治背后底人民生活与习尚叙述一二而已。

民国底产生是先天不足的。三十年前底人民对于革命底理想与目的多数还在睡里梦里，辛亥年（民国前一年，也是武昌起义底那一年）三月二十九底下午在广州发动底不朽的革命举动，我们当记得，有名字底革命家只牺牲了七十二人！拿全国人民底总数来与这数目一比，简直没法子列出一个好看的算式。那时我是一个中学生，住在离总督衙门后不远底一所房子，满街底人在炸弹声响了不久之后，都嚷着"革命党起事了！"大家争着关铺门，除招牌，甚至什么公馆、寓、第、宅、堂等等红纸门榜也都各自撕下，惟恐来不及。那晚上，大家关起大门，除掉天上底火光与零碎的枪声以外，一点也不见不闻。事平之后，回学堂去，问起来，大家都说没见过革命党，只有两三位住在学堂里底先生告诉我们说有两三个操外省口音，臂缠着白毛巾底青年曾躲在仪器室里。其中有一个人还劝人加入革命党，那位先生没答应他，他就鄙夷地说："蠢才，有便宜米你都不吃……"他底理想只以为革命成功以后，人人都可以有便宜的粮食了，这种革命思想与古代底造反者所说底口号没有什么分别。自然那时有许多青年也读过民族革命底宣传品，但革命的建国方略始终为一般人所没梦想过，连革命党员中间也有许多是不明白他们正在做着什么事情。不到六个月，武昌起义了。这举动似乎与广州革命不相干，但竟然成功了。人民底思想是毫无预备，只混混沌沌地站在革命底旗帜下，不到几个月，居然建立了中华民国。

民国成立以后，关于礼俗底改革，最显著的是剪辫，穿西服，用阳历，废叩头等等。剪辫在民国前两三年，广州与香港已渐成为时髦，原因是澳美二洲底华侨和东西留学生回国底很多。他们都是短服（不一定是西装），剪发、革履，青年学生见了互相仿效，还有当时是军国民主义底教育，学生底制服就是军装。许多人不喜欢把辫子盘过胁下扣在胸前底第一颗钮扣上，都把它剪掉，或只留顶上一排头发，戴军帽时，把辫子盘起来，叫做"半剪"。当时人管没辫子底人们叫做"剪辫仔"或"有辫仔"，稍微客气一点底就叫他们底打扮做"文明装"或"金山文明装"，现在广州与香港底理发师还有些保留着所谓"金山装"底名目底。在民国前三年，我已经是个"剪辫仔"，先父初见我光了头，穿起洋服，结了一条大红领带，虽没生气，却摇着头说，"文明不能专在外表上讲"。

广东反正，我们全家搬到福建，寄寓在海澄一个朋友底乡间。那里底人见我们全家底男子，连先父也在内，都没有辫子，都说我们是"革命仔"。乡下人有许多不愿意剪辫，因为依当地风俗，男子若不是当和尚或犯奸就不能把辫子去掉。他们对于革命运动虽然热烈地拥护，但要他们剪掉辫子却有点为难，所以有许多是被人硬剪掉底。有些要在剪掉之后放一串炮仗；有些还要祭过祖先才剪。这不是有所爱于满洲人底装束，前者是杀晦气，后者是本着"身体发肤，受之父母"底教训。你如问为什么剃头就不是"毁伤"，他就说从前是奉旨及父母之命而行底。民国元年，南方沿海底都市有些有女革命军底组织，当时剪发底女子也不少，若不因为女革命军底声誉不好和军政当局底压抑，女子们剪发就不必等到民国十六年以后才成为流行的装扮了。当盛行女子剪发底时候，东三省有位某帅，参观学校，见某女教员剪发，便当她是共产党员，把她枪毙了。她也可以说是为服装而牺牲底不幸者。

讲到衣服底改变，如大礼服，小礼服之类，也许是因为当时当局诸明公都抱"文明先重外表"底见解，没想到我们底纺织工业会因此而吃大亏。我们底布匹底宽度是不宜于裁西装底，结果非要买入人家多量的洋材料不可。单说输入底钮扣一样。若是翻翻民国元年以后海关底黄皮书，就知道那数字在历年底增加是很可怕的了。其它如硬领、领带、小梳子、小镜子等等文明装底零件更可想而知了。女人装束在最初几年没有剧烈的变迁，当时留学东洋回国底女学生很多，因此日本式的髻发，金边小眼镜，小绢伞，手提包，成为女子时髦的装饰。后来女学生底装束被旗袍占了势力，一时长的、短的、宽的、窄的，都以旗袍式为标准，裙子渐渐地没人穿了。民国十四、五年以后，在上海以伴舞及演电影底职业女子掌握了女子时髦装束底威权，但全部是抄袭外国底，毫无本国风度，直到现在，除掉变态的旗袍以外，几乎辨别不出是中国装了。在服装上，我们底男女多半变了被他人装饰底人形衣架，看不出什么民族性来。

衣服直接影响到礼俗，最著的是婚礼。民国初年，男子在功令上必要改装，女子却是仍旧，因此在婚礼上就显出异样来。在福建乡间，我亲见过新郎穿底是戏台上底红生袍，戴底是满镶着小镜子底小生巾，因为依照功令，大礼服与大礼帽全是黑的，穿戴起来，有点丧气。间或有穿戴上底，也得披上红绸，在大高帽上插一金花，甚至在草帽上插花披红，真可谓不伦不类。不久，所谓"文明婚礼"流行了。新娘是由凤冠霞帔改为披头纱和穿民国礼服。头纱在最初有披大红的，后来渐渐由桃红淡红到变为欧式的全白，以致守旧的太婆不愿意，有些说，"看现在的新娘子，未死丈夫先戴孝！"这种风气大概最初是由教会及上海底欧美留学生做起，后来渐渐传染各处。现在在各大都市，甚至礼饼之微也是西装了！什么与我们底礼俗不相干底扔破鞋、分婚糕、度蜜月，件件都学到了。还有，新兴的仪仗中间有军乐队，不管三七二十一胡乱吹打一气。如果新娘是曾在学校毕业底，那就更荣耀了，有时还可以在亲迎底那一天把文凭安置在彩亭里扛着满街游行。

至于丧礼，在这三十年来底变迁却与婚礼不同。从君主政策被推翻了之后，一切的荣典都排不到棺材前，孝子们异想天开，在仪仗里把挽联、祭幛、花圈等等，都给加上去了。讣告在从前是有一定规矩底，身份够不上用家人报丧底就不敢用某宅家人报丧底条子或登广告。但封建思想底遗毒不但还未除净，甚且变本加厉，随便一个小小官吏或稍有积蓄底商人底死丧，也可以自由地设立治丧处，讣告甚至可以印成几厚册，文字比帝制时代实录馆底实录底内容还要多。孝子也给父母送起挽联或祭幛来了。花圈是胡乱地送，不管死者信不信耶稣，有十字架表识底花圈每和陀罗尼经幛放在一起。出殡底仪仗是七乱八糟，讲不上严肃，也显不出哀悼，只可以说是排场热闹而已。穿孝也近乎欧化，除掉乡下人还用旧礼或缠一点白以外，都市人多用黑纱绕臂，有时连什么徽识也没有。三年之丧再也没能维持下去了。

说到称谓，在民国初年，无论是谁，男的都称先生，女的都称女士，后来老爷、大人、夫人、太太、小姐等等旧称呼也渐渐随着帝制复活起来。帝制翻不成，封建时代底称呼反与洋封建底称呼互相翻译，在太太们中间，又自分等第，什么"夫人""太太"都依着丈夫底地位而异其称呼，男方面，什么"先生"，什么"君"，什么"博士"，"硕士"也做成了阶级的分别，这都是封建意识底未被铲除，若长此发展下去，我们就得提防将来也许有"爵爷""陛下"等等称呼底流行。个人的名字用外国的如约翰、威灵顿、安妮、莉莉、伊利沙伯之类越来越多，好像没有外国名字就不够文明似地。日常的称如"蜜丝""蜜丝打""累得死""尖头鳗"一类的外国货格外流行，听了有时可以使人犯了脑溢血底病。

一般嗜好，在这二十九年，也可以说有很大的变更。吃底东西，洋货输进来底越多。从礼品上可以看出芝古力糖店抢了海味铺不少的买卖，洋点心铺夺掉茶食店大宗的生意。冰淇淋与汽水代替了豆腐花和酸梅汤。俄法大菜甚至有替代满汉全席底气概。赌博比三十年前更普遍化，麻雀牌底流行也同鸦片白面红丸等物一样，大有燎原之势，了得么！

历法底改变固然有许多好处，但农人底生活却非常不便，弄到都市底节令与乡间底互相脱节。都市底商店记得西洋的时节如复活节、耶稣诞等，比记得清明、端午、中秋、重九、冬至等更清楚。一个耶稣诞期，洋货店可以卖出很多洋礼物，十分之九是中国人买底，难道国人有十分之九是基督徒么？奴性的盲从，替人家凑热闹，说来很可怜的。

最后讲到教育。这二十九年来因为教育方针屡次地转向，教育经费底屡受政治影响，以致中小学底教育基础极不稳固。自五四运动以后，高等教育与专门学术底研究比较有点成绩，但中小学教育在大体上说来仍是一团糟。尤其是在都市底那班居心骗钱，借口办学底教育家所办底学校，学科不完备，教师资格底不够，且不用说，最坏的是巴结学生，发卖文凭，及其它种种违反教育原则底行为。那班人公然在国旗或宗教的徽帜底下摧残我青年人底身心。这种罪恶是二十九年来许多办学底人们应该忏悔底。我从民国元年到现在未尝离开粉笔生涯，见中小学教育底江河日下，不禁为中国前途捏了一把冷汗。从前是"士农工商"，一入民国，我们就时常听见"军政商学"，后来在"军"上又加上个"党"。从前是"四民"，现在"学"所居底地位是什么，我就不愿意多嘴了。

此地底篇幅不容我多写，我不再往下说了，本来这篇文字是为祝民国三十年底，我所以把我们二十九年来底不满意处说些少出来，使大家反省一下我们底国民精神到底到了什么国去？这个我又不便往下再问，等大家放下报纸闭眼一想得了。民国算是入了壮年底阶段了。过去的二十九年，在政治上、外交上、经济上，乃至思想上，受人操纵底程度比民国未产生以前更深，现在若想自力更生底话，必得努力祛除从前种种愚昧，改革从前种种的过失，力戒懒惰与依赖，发动自己的能力与思想，要这样，新的国运才能日臻于光明。我们不能时刻希求人家时刻之援助，要记得我们是入了壮年时期，是三十岁了，更要记得援助我们底就可以操纵我们呀！若是一个人活到三十岁还要被人"援助"，他真是一个"不长进"底人。我们要建设一个更健全的国家非得有这样的觉悟与愿望不可。愿大家在这第三十年底开始加倍地努力，这样，未来的种种都是有希望的，是生长的，是有幸福的。

（选自 1941 年 1 月 1 日香港《大公报·文艺》第 1001 期）

牛津的书虫

牛津实在是学者的学国,我在此地两年底生活尽用于波德林图书馆,印度学院,阿克关屋(社会人类学讲室),及曼斯斐尔学院中,竟不觉归期已近。

同学们每叫我做"书虫",定蜀尝鄙夷地说我于每谈论中,不上三句话,便要引经据典,"真正死路"！刘错说:"你成日读书,睇读死你呀！"书虫诚然是无用的东西,但读书读到死,是我所乐为。假使我底财力、事业能够容允我,我诚愿在牛津做一辈子底书虫。

我在幼时已决心为书虫生活。自破笔受业直到如今,二十五年间未尝变志。但是要做书虫,在现在的世界本不容易。须要具足五个条件才可以。五件者:第一要身体康健;

第二要家道丰裕；第三要事业清闲；第四要志趣淡薄；第五要宿慧超越。我于此五件，一无所有！故我以十年之功只当他人一夕之业。于诸学问、途径还未看得清楚，何敢希望登堂入室？但我并不因我底资质与境遇而灰心，我还是抱着读得一日便得一日之益底心志。

为学有三条路向：一是深思，二是多闻，三是能干。第一途是做成思想家底路向；第二是学者；第三是事业家。这三种人同是为学，而其对于同一对象底理解则不一致。譬如有人在居庸关下偶然检起一块石头，一个思想家要想他怎样会在那里，怎样被人检起来，和他底存在底意义。若是一个地质学者，他对于那石头便从地质方面源源本本地说。若是一个历史学者，他便要探求那石与过去史实有无底关系。

若是一个事业家，他只想着要怎样利用那石而已。三途之中，以多闻为本。我邦先贤教人以"博闻强记"，及教人"不学而好思，虽知不广"底话，真可谓能得为学底正谊。但在现在的世界，能专一途底很少。因为生活上等等的压迫，及种种知识上的需要，使人难为纯粹的思想家或事业家。假使苏格拉底生于今日的希拉，他难免也要写几篇关于近东问题底论文投到报馆里去卖几个钱。他也得懂得一点汽车、无线电的使用方法。也许他也会把钱财存在银行里。这并不是因为"人心不古",乃是因为人事不古。近代人需要等等知识为生活底资助,大势所趋,必不能在短期间产生纯粹的或深邃的专家。故为学要先多能,然后专攻,庶几可以自存,可以有所供献。吾人生于今日,对于学问,专既难能,博又不易,所以应于上列三途中至少要兼二程。兼多闻与深思者为文学家。兼多闻与能干底为科学家。就是说一个人具有学者与思想家底才能,便是文学家;具有学者与专业家的功能底,便是科学家。文学家与科学家同要具学者底资格所不同者,一是偏于理解,一是偏于作用,一是修文,一是格物(自然我所用科学家与文学家底名字是广义的)。进一步说,舍多闻既不能有深思,亦不能生能干,所以多闻是为学根本。多闻多见为学者应有底事情,如人能够做到,才算得过着书虫的生活。当彷徨于学问底歧途时,若不能早自决断该向哪一条路走去,他底学业必致如荒漠的砂粒,既不能长育生灵,又不堪制作器用。即使他能下笔千言,必无一字可取。纵使他能临事多谋,必无一策能成。我邦学者,每不擅于过书虫生活,在歧途上既不能慎自抉择,复不虚心求教;过得去时,便充名士;过不去时,就变劣绅,所以我觉得留学而学普通知识,是一个民族最羞耻的事情。

我每觉得我们中间真正的书虫太少了。这是因为我们当学生底多半穷乏，急于谋生，不能具足上说五种求学条件所致。从前生活简单，旧式书院未变学堂底时代，还可以希望从领膏火费底生员中造成一二。至于今日底官费生或公费生，多半是虚掷时间和金钱底。这样的光景在留学界中更为显然。

牛津底书虫很多，各人都能利用他底机会去钻研，对于有学无财底人，各学院尽予津贴，未卒业者为"津贴生"，已卒业者为"特待校友"，特待校友中有一辈以读书为职业底。要有这样的待遇，然后可产出高等学者。在今日的中国要靠著作度日是绝对不可能的，因社会程度过低，还养不起著作家。……所以著作家底生活与地位在他国是了不得，在我国是不得了！ 著作家还养不起，何况能养在大学里以读书为生的书虫？ 这也许就是中国底"知识阶级"不打而自倒底原因。

……

（选自 1950 年 2 月 2 日香港《工商日报》）

中国美术家底责任

美术家对于实际生活是最不负责任底。我在此地要讲美术家底责任，岂不是与将孔雀来拉汽车同一样的滑稽！但我要指出底"责任"，并非在美术家底生活以外，乃是在他们底生活以内底事情。

一个木匠，在工作之先，必须明白怎样使用他底工具，怎样搜集他底材料和所要制造底东西底意义，然后可以下手。美术家也是如此，他底制作必当含有方法，材料，目的，三样要素。艺术底目的每为美学家争执之点，但所争执底每每离乎事实而入于玄想。有许多人以为美的理想底表现便是艺术底目的，这话很可以说得过去，但所谓美的理想是因空间和时间底不同而变异底。空间不同，故"艺术无国界"

底话不能尽确。时间不同，故美的观念不能固定。总而言之，即凡艺术多少总含着地方色彩和时代色彩，虽然艺术家未尝特地注意这两样而于不知不觉中大大影响到他底作品上头，是一种不可抹杀的事实。

我国艺术从广义说，向分为"技艺"与"手艺"二种。前者为医，卜，星，相，堪舆，绘画；后者为栽种，雕刻，泥作，木作，银匠，金工，铜匠，漆匠乃至皮匠石匠等等手工都是。这自然是最不科学的分法，可是所谓"手艺"，都可视为"应用艺术"，而技艺中底绘画即是纯粹艺术。

中国的纯粹艺术有绘画写字，和些少印文的镌刻。故"美术"这两个字未从日本介绍进来之前，我们名美术为金石书画。但纯粹艺术是包含歌舞等事底。故我们当以美术为广义的艺术，而艺术指绘画等而言。

我国艺术，近年来虽呈发达底景象，但从艺术底气魄一方面讲起来，依我底知识所及，不但不如唐五代底伟大，即宋元之靡丽亦有所不如。所谓"艺术底气魄"，就是指作品感人底能力和艺术家底表现力。这原故是因为今日的艺术家只用力于方法上头，而忽略了他们所在的空间和时间。这个毛病还可以说不要紧，更甚的是他们忘记我们祖宗教给他们底"笔法"。一国的艺术精神都常寓在笔法上头，艺术家都把它忽略了。故我们今日没有伟大的作品是不足怪底。

　　世间没有一幅画是无意义，是未曾寄写作者底思想底。留学于外国底艺术家运笔方法尽可以完全受别人的影响，但运思方法每不能自由采用外国的理想。何以故？因为各国人，都有各自的特别心识，各自的生活理想，各自的生活问题。艺术家运用他底思想时，断不能脱掉这三样底限制。这三样也就是形成"国性"和"国民性"底要点。今日的艺术思想好像渐趋一致，其原故有二：一因东西底交通频繁，在运笔底方法上，西洋画家受了东洋画家底教训不少；二因近数十年来，世界里没有一国真实享了康乐的幸福，人民底生活都呈恐慌和不安的状态，故无论那一国底作品，不是带着悲哀狂丧的色调，便是含着祈求超绝能力底愿望。可是从艺术家底内部生活看起来，他们所表现底"国性"或"国民性"仍然存在。如英国画家，仍以自然美底描写见长，盎格卢撒克逊人本是自然底崇拜者，故他们底画派是自然的写实的，"诚实的表现"便是他们底笔法，故英国画仍是很率直，不喜欢为抽象的或戏剧的描写。拉丁民族，比较地说，是情绪的。法国画在过去这半世纪中，人都以她底印象派为新艺术底冠冕，现在的人虽以它为陈腐，为艺术史上底陈迹，但从它流行下来底许多派别多少还含着祖风。印象派诚然是拉丁新艺术底冠冕，故其所流衍下来底诸派不外是要尽地将个人的情绪注入自然现象里头。反对自然主义是现代法国画派底特彩。因为拉丁的民族性使他们不以描写自然为尚，各人只依自己所了解底境地描写，即所谓自由主义和自表主义是。此外如条顿民族底注重象征主义，虽以近日德国画家致力于近代主义，而其象征的表现仍不能免。这都是因为各国底生活问题和理想不同所致。

艺术理想底传播比应用艺术难。我们容易乐用西洋各种的美术工艺品，面对于它底音乐跳舞和绘画底意义还不能说真会鉴赏。要鉴赏外国的音乐比外国的绘画难。因为音乐和语言一样，听不懂就没法子了解。绘画比较地容易领略，因为它是记在纸上或布上底拂姿势，用拂来表示情意是人类所共有，而且很一致，如"是"则点头，"否"则摇头，"去"则撒手，"来"则招手，等等，都是人人所能理会底，近代艺术正处在意见冲突底时代，因为东亚底艺术理想输入西欧，西欧底艺术方法输入东亚，两方完全不同的特点，彼此都看出来了。近日西洋画家受日本画底影响很大，但他们并不是像十几年前我们底画家所标题底"折衷画派"。这一点是我们应当注意底，他们对于东洋画底研究，在原则方面比较好奇心更大，故他们底作品在结构上或理想上虽间或采用东洋方法，而其表现仍带着很重的地方色彩和国性。

我国绘画底特质就是看画是诗的，是寄兴的。在画家底理想中每含着佛教和道家底宗教思想，和儒家底人生观。因为纯粹的印度思想不能尽与儒家融合，故中国的佛教艺术每以印度底神秘主义为里而以儒家底实际的人生主义为表。这一点，我们可以拿王摩诘，吴道子和李龙眠底作品出来审度一下，就可以看出来。"诗"是什么呢？就是实际生活与神秘感觉底融合底表现。这融合表现于语言上时，即是诗歌词赋；表现于声音上，即为音乐；表现在动作上，即为舞蹈戏剧；表现于色和线上即是绘画。所以我们叫绘画为"无声诗"，我们古代的画家感受印度思想，在作品底表面上似乎脱了神秘的色彩，而其思想所寄，总超乎现实之外。故中国画之理想，可以简单地说，即是表现自然世界与理想生活底混合。在山水画中，这样的事实最为显然。画家虽然用了某座名山，某条瀑布为材料，而在画片上尽可以有一峰一石从天外飞来。在画中底人间生活也是很理想的，看他底取材多属停车看枫，骑驴寻故，披蓑独钓，倚琴对酌，等等不慌不忙的生活。画家以此抒其情怀，以此写其感乐，故虽稍微入乎理想，仍不失为实际生活底表现。我国底绘画理想既属寄兴，故画家多是诗人，画片上可以题诗；故画与诗只有有声和无声底差别。我想这一点就是我们底理想中,"画工"和"画家"不同的地方。我希望今日的画家负责任去保存这一个特点。

今日的画家竞尚西洋画风,几乎完全抛弃我们固有的技能,是一种很可伤心的事。我不但不反对西洋画,并且要鼓励人了解西洋画底理想,因为这可以做我们底金铿。我国绘画底弊端,是偏重"法则",或"家法"方面,专以仿拟摹临为尚,而忽略了个性表现,结果是使艺术落于传统底圈套,不能有所长进。我想只有西洋的艺术思想可以纠正这个方家或法家思想底毛病。不过囫囵的模仿西洋与完全固守家法各都走到极端,那是不成底。我们当复兴中国固有的画风,汉画与西洋画都是方法上底问题,只要作品,不论是用油用水,人家一见便认出是中国人写底那就可以了。

我觉得我国自古以来便缺乏历史画家。我在十几年前,三兄敦谷要到日本底时候便劝他致力于此。但后来我们都感觉得有一个绝大的原因,使我们缺乏这等重要的画家,就是我们并没注意保存历史的名迹及古代的遗物。间或有之,前者不过为供"骚人""游客"之流连,间或毁去重建,改其旧观,自北京底天宁寺,而武昌底黄鹤楼,而广州底双门,等等,等等,改观底改观,毁拆底毁拆,伤心事还有比这个更甚的么?至于古代彝器底搜集,多落于豪贵之户,未尝轻易示人，且所藏底范围也极狭隘，吉金，乐石，戈镞，帛布以外，罕有及于人生日用底品物，纵然有些也是真赝杂厕，难以辨识。于此，我们要知道考古学与历史画底关系非常密切，考古学识不足，即不能产生历史画家。不注意于保存古物古迹，甚至连美术家也不能制作。我曾说我们以画为无声诗，所以增加诗的情感，惟过去的陈迹为最有力。这点又是我们所当注意底。我们今日没有伟大的作品，是因为画家底情感受损底原故。试看雷峰一倒，此后画西湖底人底感情如何便知道了。他们绝以不描写哈同底别庄为有兴趣，故知古代建筑底保存和修筑是今日的美术家应负提倡及指导底责任，美术家当与考古家合作，然后对于历史事物底观念正确，然后可以免掉画汉朝人物着宋朝衣冠底谬误。于此我要声明我并非提倡过去主义（经典派或古典派），因为那与未来主义同犯了超乎朝代一般的鉴赏能力之外。未来主义者以过去种种为不善不美，不属理想，然而，若没有过去，所谓美善底情绪及情操亦无从发展。人间生活是连续的。所谓过去已去，现在不住，未来未到，便是指明这连续的生活一向进前，无时休息底。因无休息，故所谓"现在"不能离过去与未来而独存。我们底生活依附在这傍不住的时间底铁环上，也只能记住过去底历程和观望未来底途径。艺术家底唯一能事便在驾御这时间底铁环使它能循那连续的轨道进前，故他底作品当融含历史的事实与玄妙的想象。由前之过去印象与后之未来感想，而造成他现在的作品。前者所以寄情，后者所以寓感，一个艺术家应当寄情于过去底事实，和寓感于未来底想象，于此，有人家要说，艺术是不愿利害，艺术家只为艺术而制作，不必求其用处。但"为艺术而为艺术"的话，直与商人说"我为经商而经商"，官吏说"我为做官而做官"同一样无意义，艺术家如不能使人间世与自然界融合，则他底作品必非艺术品。但他所寄寓的不但要在时间底铁环，并且顾及生活的轨道上头。艺术家底技能在他能以一笔一色指出人生底谬误或价值之所在。艺术虽不能使人决择其行为底路向，但它能使人理会其行为底当与不当却很显然。这样看来，历史画自比静物画伟大得多。

  末了，我很希望一般艺术家能于我们固有的各种技艺努力。我国自古号为衣冠文物之邦，而今我们底衣冠文物如何？讲起来伤心得很，新娘子非西式的白头纱不蒙，大老爷非法定的大礼帽不戴；小姐非钢琴不弹唱，非互搂不舞蹈，学生非英法菜不吃，非"文明杖"不扶！所谓自己的衣冠文物荡然无存。艺术家又应当注意到美术工艺底发展。我们底戏剧，音乐，建筑，衣服等等并不是完全坏，完全不美，完全不适用，只因一般工匠与艺术家隔绝了，他们底美感缺乏，才会走到今日底地步。故乐器底改造，衣服底更拟，等等关于日常生活底事物，我们当有相当的供献，总而言之，国献运动是今日中国艺术家应当励行底，要记得没有本国底事物，就不能表现国性；没有美的事物，美感亦无从表现。大家努力罢。

（选自 1927 年 1 月 8 日《晨报副刊》）

权利保留，侵权必究。

图书在版编目（CIP）数据

落花生 / 许地山著 . -- 武汉 : 长江少年儿童出版社 , 2025.5. -- （课文作家经典作品系列）. -- ISBN 978-7-5721-4870-5

Ⅰ. I266

中国国家版本馆 CIP 数据核字第 20250AZ599 号

课文作家经典作品系列·落花生
KEWEN ZUOJIA JINGDIAN ZUOPIN XILIE·LUO HUASHENG

许地山　著

出 品 人：何　龙	封面插图：张　佟
策　　划：姚　磊　胡同印	内文插图：视觉中国
项目统筹：吴炫凝　汤　纯	排版制作：方　莹
责任编辑：陈　莎	责任校对：邓晓素
实习编辑：龚莉杰	责任印制：邱　刚　雷　恒
整体设计：陈　奇	

出版发行：长江少年儿童出版社
邮政编码：430070
网　　址：http : //www.cjcpg.com
承 印 厂：湖北新华印务有限公司
经　　销：新华书店湖北发行所
开　　本：720 毫米 ×970 毫米　1/16
印　　张：7
字　　数：64 千字
版　　次：2025 年 5 月第 1 版
印　　次：2025 年 5 月第 1 次印刷
书　　号：ISBN 978-7-5721-4870-5
定　　价：28.00 元

本书如有印装质量问题，可联系承印厂调换。